# SENKAKU
# 尖閣
# 1945

門田隆将
*Kadota Ryusho*

産經新聞出版

古賀辰四郎氏が開拓した尖閣諸島の魚釣島で鰹節製造にたずさわっていた人々（那覇市歴史博物館提供）

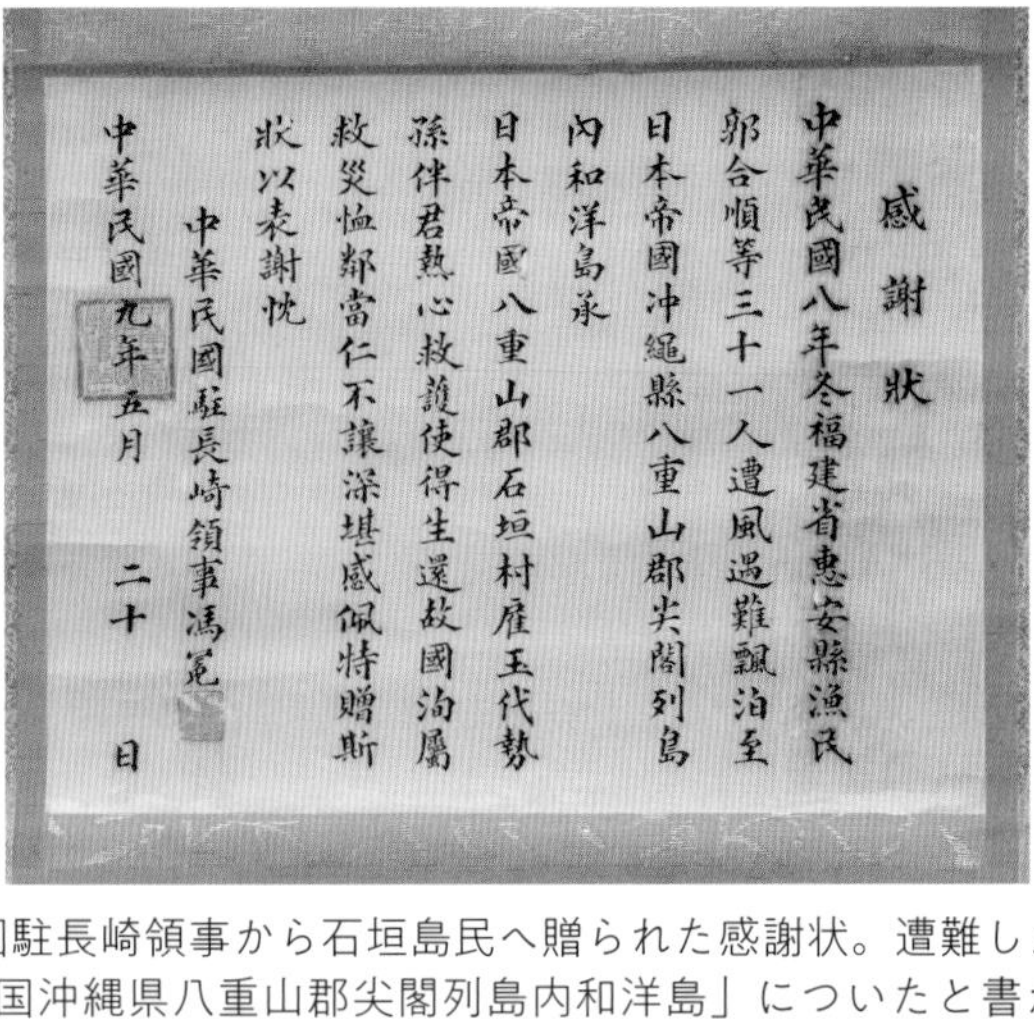

感謝狀

中華民國八年冬福建省惠安縣漁民
郭合順等三十一人遭風遇難飄泊至
日本帝國沖繩縣八重山郡尖閣列島
内和洋島承
日本帝國八重山郡石垣村雇玉代勢
孫伴君熱心救護使得生還故國洵屬
救災恤鄰當仁不讓深堪感佩特贈斯
狀以表謝忱

中華民國駐長崎領事馮冕

中華民國九年五月　二十　日

中華民国駐長崎領事から石垣島民へ贈られた感謝状。遭難した漁民は「日本帝国沖縄県八重山郡尖閣列島内和洋島」についたと書かれている。「和洋島」は魚釣島の別称（石垣市立八重山博物館提供）

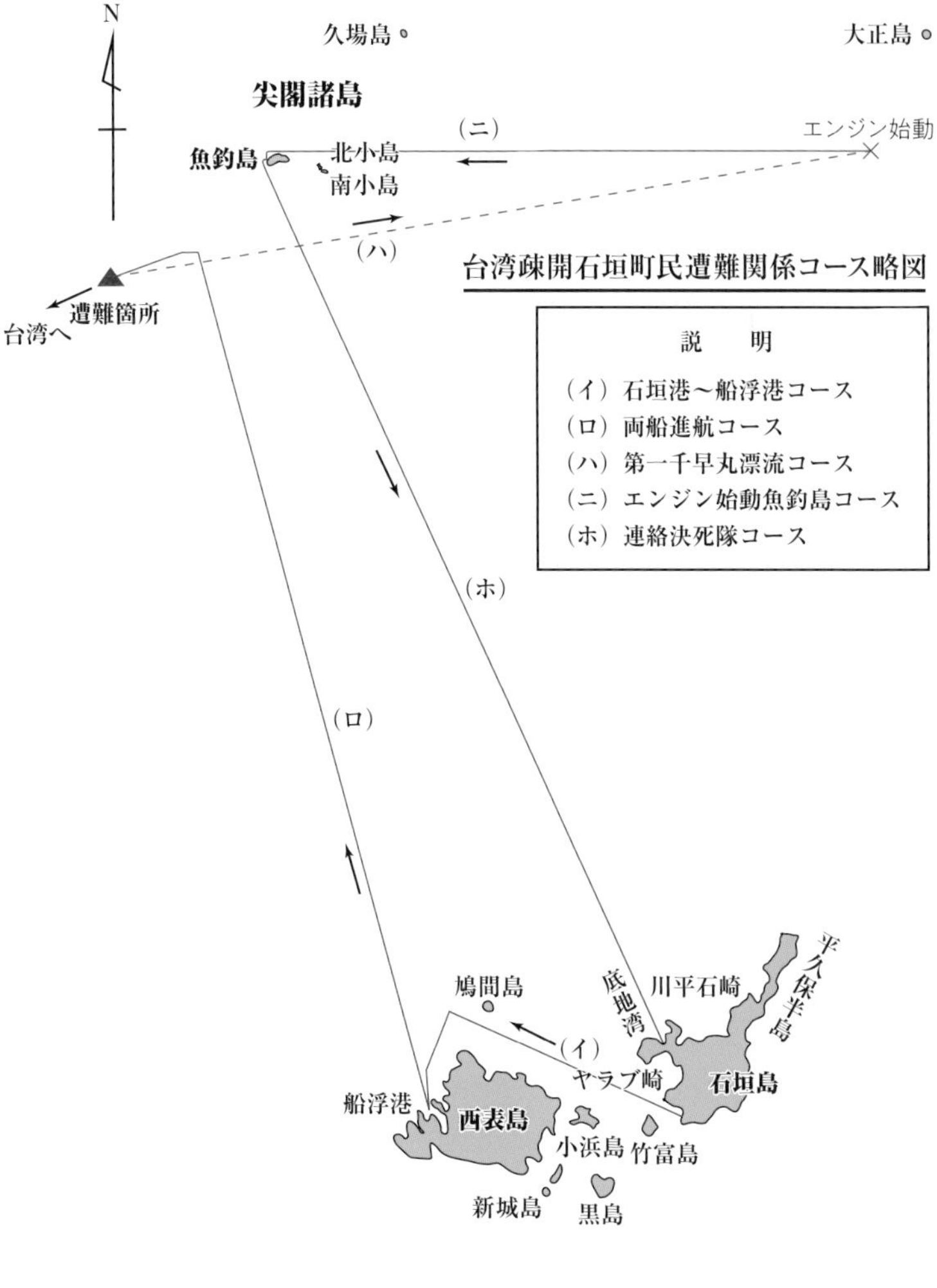


台湾疎開石垣町民遭難関係コース（『沈黙の叫び　尖閣列島戦時遭難事件』を参考に作成）

赤いカリーの着物で家族や親戚一同に囲まれる尖閣戦時遭難者の一人、花木芳氏。九十七歳の長寿を祝うカジマヤーでの祝福に応える（第十三章参照。写真は石田一雄氏提供）

# 尖閣1945

# はじめに

ここ数年、私は多くの人にひとつの質問をしてきた。

「あなたは、〝尖閣戦時遭難事件〟を知っていますか？」というものである。

この問いに、「よく知っていますよ」という答えを聞いたことは、沖縄以外では、まったくない。その沖縄でも、一般の人の反応は同じで、ほとんど知られていなかった。

沖縄の県立図書館で資料を調査していたとき、図書館の職員は事件のことをよく知っていて、私の資料探しに全面協力してくれた。

それは、石垣島でも同じだ。尖閣戦時遭難事件を知っていますか、と聞いて、ああ、知っていますよ、と答えてくれたのは、石垣島の地元紙の記者と、あとは、やはり石垣市の図書館の職員だけだった。

私は、特別に関心がある人や、専門の方々以外、この事件のことが「風化していること」を肌で感じた。

尖閣は、揺るぎない「日本の領土」である。そのことを示すのが、この尖閣戦時遭難事件である。だが、それが「風化している意味」とは何を表わすのか。

そのこと自体が中国の「根拠なき領有権の主張」を許すことになっていることを、私は考えざるを得なかった。

いま、なぜこのノンフィクションをお届けするのか。

私が昭和二十年七月から八月にかけて起こった「尖閣戦時遭難事件」を現代に問いたい理由は、まさにそこに凝縮《ぎようしゆく》されている。

連日、尖閣海域へ押し寄せる中国の公船。「釣魚島およびその付属島嶼《とうしよ》は、中国の領土の不可分の一部である。中国は争う余地のない主権を有している」と言い放ち、あたかも古《いにしえ》より中国の固有の領土であったかのような態度である。

だが中国が尖閣の領有権を主張しはじめたのは、国連のアジア極東経済委員会（ＥＣＡＦＥ）の調査船が昭和四十三年に尖閣海域の沿岸鉱物資源を調査してからのことである。

「東シナ海に石油埋蔵の可能性あり」

国連のこの発表に、中国共産党は色めきたった。俄《にわ》かに尖閣領有の主張を中国が始めたのである。

今では、尖閣海域への中国公船の侵入が常態化し、この島を「核心的利益」とあたりまえのように言い張るようになった。

しかし、ここが日本の固有の領土であることは、「尖閣戦時遭難事件」を繙《ひもと》けば、そして、その人々の命が「なぜ助かったのか」ということに踏み込めば、容易に明らかになる。

中国公船の尖閣侵入のニュースが流れるたびに、私は「尖閣戦時遭難事件」のことを思い出してきた。この事件以上に、「尖閣が日本であることを示す出来事」は〝ほかにない〟からである。

魚釣島には、かつて人々が生活を営んだ「古賀村」があり、その古賀村開拓の際に発見された「真水《まみず》」の存在があった。

大正八年には、古賀村の人々によって、福建省の遭難漁民三十一人が魚釣島で救助され、そのことに対して「中華民国駐日本帝国長崎総領事」から「日本帝国沖縄県八重山郡尖閣列島内和洋島《わよう》」の島民に対して、感謝状まで贈られている。

つまり、中華民国もまた、和洋島（筆者注＝魚釣島のこと）を「日本帝国」の領土であることを認めていたのである。

私は取材の過程で、尖閣戦時遭難事件にかかわり、波乱万丈の人生を送った多くの人々にお会いした。

事件自体の詳細は本文に譲るが、この哀しく、悲惨で、目を背《そむ》けたくなる出来事は、同時に、どんな逆境でも信念と矜持《きょうじ》を失わなかった日本人の「希望の物語」でもあった。

遭難事件で発揮された踏ん張り、気迫、執念、優しさ……等々は、現代の日本人の想像をはるかに超えていた。取材の過程で運命の糸が幾重にもからみ合い、実に不思議な、そして感動的なドラマが「戦後も続いていた」ことを私は知った。

私は多くの〝語り部《べ》〟のお蔭で、この数奇な物語の全貌を知ることができた。生き残った関係者からも、直接証言をお聞きすることもできた。

ここに、日本国の領土「尖閣諸島」で展開された知られざる日本人の勇気の物語を世に問わせていただきたく思う。

なぜ尖閣は日本の領土なのか。

尖閣と無縁な中国が、なぜ、かくも理不尽な主張をくり返しているのか。

本書を読み終わった時、その答えを得ると同時に、人間とは「極限」に追い込まれても、使命感と不屈の精神さえあれば、とてつもない底力を発揮することを知っていただければ嬉しい。

そして、毅然と生きることが、日本人にとっていかに大切か、是非、思い出してほしいと願う。

どうしても避けて通ることができなかった尖閣の物語――私が長くこの出来事に固執してきた理由も、読者の皆さまにはわかっていただけるのではないかと思う。

筆者

# 尖閣1945◎目次

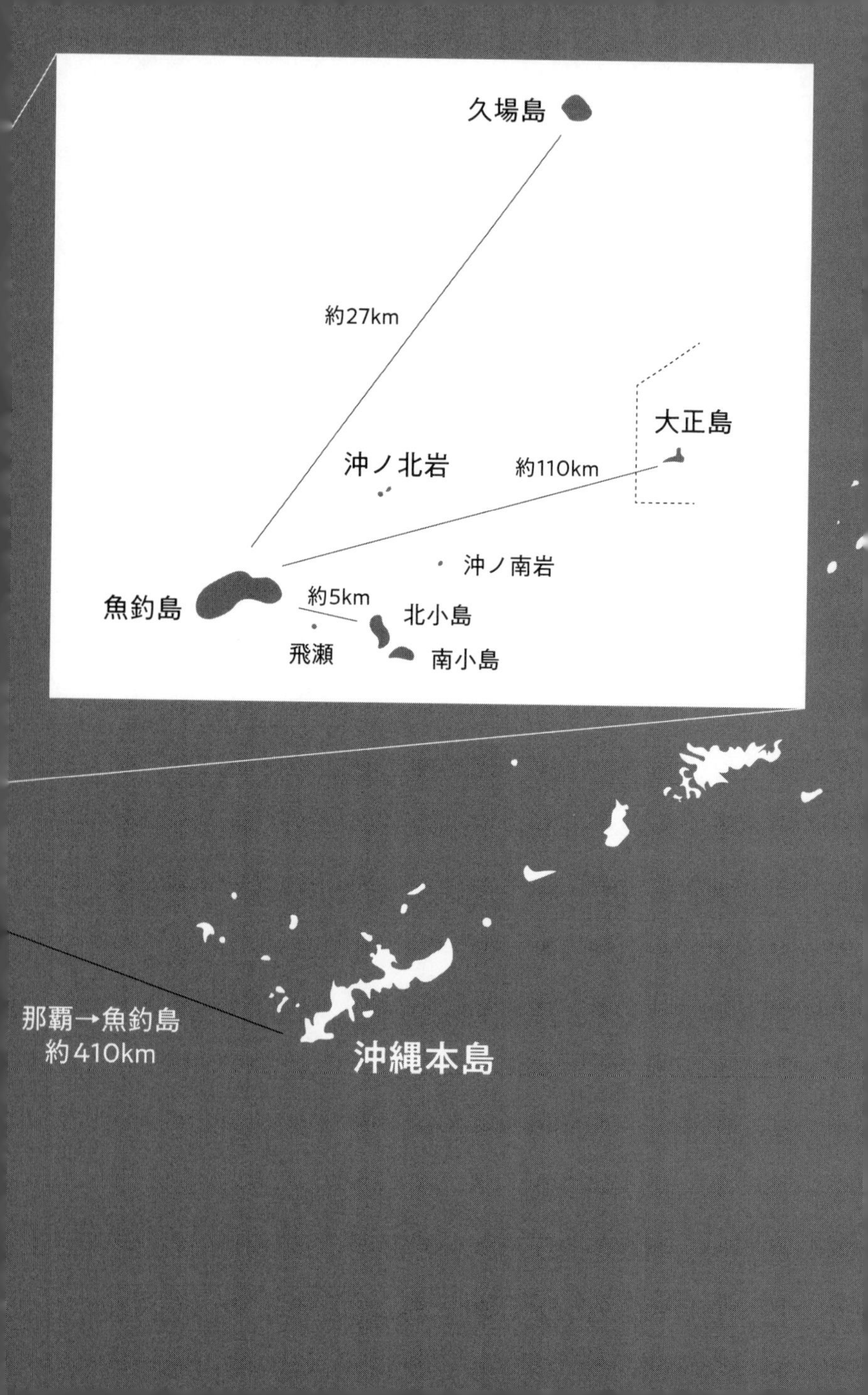

久場島
約27km
大正島
沖ノ北岩
約110km
沖ノ南岩
魚釣島
約5km
北小島
飛瀬
南小島
那覇→魚釣島
約410km
沖縄本島

尖閣諸島周辺の位置関係

# プロローグ

「見えた！　台湾が見えたよ！」

「あれは、ニイタカヤマだ！」

そんな子供たちの歓声で甲板に駆け上がった宮良和《みやらかず》（十二歳＝当時＝のちに結婚して「大浜」姓）が遥《はる》かかなたに、たしかに台湾の山々を目にしたときだった。

台湾が見えたから、もう、ひと安心——そう思った瞬間に飛び込んできた光景を和は、それから七十七年が経ち、満八十九歳となっても、忘れることができない。

昭和二十年七月三日午後二時半。真夏の東シナ海の海上である。

太平洋戦争最末期のこの時期、米軍の八重山諸島への侵攻を恐れた日本は、石垣島住民の台湾疎開を敢行。前年七月に始まった台湾への疎開は半年以上つづき、この日、ついに最後の疎開船・第一千早《ちはや》丸と第五千早丸が一路、台湾を目指していた。

宮良和は、祖母、母、姉、弟、妹と共に第一千早丸に乗り込んでいた。

男である父と兄は疎開を許されず、石垣島に残っていた。このとき子供たちの歓声で甲板に駆け上がったのは家族の中で和だけだった。

「あっ」

和の耳に誰かの驚きの声が入ってきた。なにげなく、その子の指さす台湾とは反対側の大空に目を向けた。

えっ？　声を出すこともできなかった。

不気味で真っ黒な飛行体が、まっすぐこっちに向かってきていたのだ。

アメリカ軍だ！

危ないっ。頭の中で現実が「像」を結んだ瞬間、この世のものとも思えないバババババ……という恐ろしい銃撃音が響き始めた。

ビュ、ビュ、ビュ、という風を切る音が交じっている。

子供たちの耳を支配したのは、いずれも「一瞬で人間の命を奪い去る音」にほかならない。

「早く！　危ない！」

甲板から下に降りようとした子供たちは、すでにパニックに陥っていた。下への階段は急だ。そこへ足をかける間もなく、子供たちは全員がそのまま下に転がり落ちた。

ドスーン！　和は、塊《かたまり》になって落ちた十数人の子供たちの中にいた。

だが、何が起こっているのかわからない。まだ現実をしっかり「受けとめていた」わけではなかったのだ。

「キャー」

「助けてぇ」

「うわぁー」

恐ろしい米軍機の猛射によって、やっと脳の危険察知の部位が動き出したに違いない。すでに船内は悲鳴と断末魔の地獄と化していた。和たちは、下に落ちたまま頭を抱えて這《は》いつくばった。

銃弾は容赦なく降りそそいだ。

(うっ)

そんな呻《うめ》き声とともに年老いた女性が絶命するのが見えた。

また、手首に弾丸が当たり、その手で拭《ぬぐ》ったため、顔全体が真っ赤に染まった女性もいた。

背中から銃弾に貫かれ、声を上げる間もなく即死した老齢の男性の姿も……

音も、色彩もなく、いや時間さえも止まったかのような「異様な光景」だった。

やっと、うずくまっていた子供たちが声を上げ始めた。

「お父さん!」

「お母さーん!」

そう叫ぶのがやっとだった。和も力のかぎり叫んだ。

今度は大人たちが子供たちの名前を叫び出した。

これを地獄と呼ばず、何といえばいいだろう。

一度、二度……米軍機による銃撃がくり返された。いったん収まったかと思うと、間をおいて、また銃撃が始まった。そのたびに死者の数は増えていった。

母親のもとに這っていった和に、幸いに銃弾は当たらなかった。何十年経とうと、そのことに感謝する気持ちは変わらない。

神さまの手によるものか、それとも助かるのが運命だったのか、和には見当もつかない。のちに結婚した夫とともにクリスチャンとなった和にも、そのことが今も「わからない」のである。

機銃掃射でエンジンも停止し、こと切れた人間と、痛みに耐える唸《うな》り声、さらには助けを呼ぶ叫び声が空間を支配した。泣き、叫ぶ子供たち、息子や娘、あるいは孫の名を呼ぶ老人……船内はそんな声が入り乱れていた。

和は、このとき祖母が銃撃で息絶えたことを知った。

「ほんとにわからないうちに、もうおばあちゃんがやられていたんです。それだけではありません。姉も、太ももを機銃が貫通していました。血だらけです。二人やられました。私は這いつくばっていましたが、姉が〝痛い、痛い〟と……」

姉は昭和三年生まれで、このとき十七歳。和から見れば五つも年上で、完全に大人だった。太ももを撃ち抜かれ、まったく動けなくなった姉に、和は無力だった。

「姉は女学生でね。兄はその二つ下だけど、男だから疎開はさせてもらえないわけです。敵と戦うためにね。女だったら行かしていい、ということで許可が出ているんです。父と兄を除いて、みんなで行ったんです」

姉が通っていたのは、八重山高等女学校。当時の女学生はケガや病気に対する基本的な治療の知識を持っている。いや、対処の訓練をしていたというほうが正確だろう。

「当時の女学生は、学校に看護科があるわけではないんですが、病院やそういう施設に行って基礎的なことを教わるんです。女学生はみんな派遣されました。

石垣島の外には出ないですが、島内のいろんなところに行って、そこが看護学校みたいなかたちになっていたんです。姉も女学生ですから、そういう知識はもちろん、持っているんです」

しかし、自ら重傷を負ってしまったら、対処などできようはずはなかった。深く刻まれた眉《み》間《けん》のシワを何度も哀しげにこすりながら、和は、七十七年前の歴史の真実をなんとしても後世に残そうと言葉を重ねてくれた。

「いくら姉に知識はあっても、自分の看護はできませんよね。血が出ていて、ただ〝痛い、痛い〟って……。姉は我慢強い人でしたから、唸りながらも耐えていました。やがて銃撃もやんで、船内はすごい状態になっていました。姉のように、ちょうど派遣されて処置する知識がある人が船にいたと思います。

そんな人たちが姉の傷を診《み》てくれたんです。私も小さいですけど、教えてもらって、見よう見まねで（処置を）いろいろ手伝いました。姉は、痛い、痛い、と言っていましたね。弾が足を貫通していますからね。薬はなかったけど、アルコールあたりでやったと思うんです。おそろしい体験でした」

一方、和たちが最初に米軍機を発見した甲板のすぐ近くには、「花木写真館」の家族がいた。石垣町の中心、字《あざ》大川の十字路にある花木写真館は、石垣島では有名な存在だ。写真の腕では定評のある主・光洋《みつひろ》と、実質的に写真館を切り盛りする当時四十歳の芳《よし》の夫婦が評判だったからだ。

七人の子宝に恵まれた花木家は、長男、次男の二人を除く五人の子供を連れて、芳が台湾疎開船に乗り込んでいた。

長男は出征して中国におり、次男は鉄血勤皇《きんのう》隊に入って八重山の守りを固めていた。沖縄では、十四歳から十六歳、つまり、今のおおよそ「中学生」にあたる男子は鉄血勤皇隊として防衛召集されていたのである。

芳は、足手まといになってはならないと、長女の敏子十五歳、次女の和子十一歳、三男の章《あきら》九歳、四男の清《きよし》四歳、五男の征洋《ゆきひろ》一歳という五人とともに最後の疎開船に乗ったのである。

芳は、「船室では息が詰まる」と、子供五人を甲板に出していた。甲板でも日陰にいれば吹きわたる風にも当たれるし、気も晴れる。

なにかがあっても、船室にいるより助かる確率は高い、と芳は勝手に考えていた。真夏のカンカン照りのなかで、わざわざ日陰を探して全員が甲板にいた理由は、芳のそんな考えによるものだった。

子供たちが「台湾が見えた！」と叫んだときも、芳はその声を聞いている。台湾が見えれば、「もう大丈夫だ」と、自身もほっとしたものである。

しかし、状況は一変、米軍機の機銃掃射を受けることになったのである。

銃撃が始まると同時に芳は、子供たちに覆いかぶさった。もちろん、十五歳の敏子は自分で頭を抱え込んだ。

「痛《いた》っ！　助けて！」

突然、その敏子から悲鳴が上がった。

「敏子！」

あっという間もなかった。その瞬間、敏子から真っ赤な血が噴き出していた。

左肩だ。

「敏ちゃん！」

芳は、今度は「敏ちゃん！」と叫んでいた。

左肩の鎖骨の外側だろうか。そこから血がどくどくと出ていた。

機銃掃射は、なおつづく。

「お姉ちゃん！」

「助けて！」

お姉ちゃんが撃たれたことがわかった弟や妹たちは、半狂乱になった。

号泣である。

機銃掃射は何度もくり返された。

「キャー」

「誰か！」

「助けてぇ！」

船室からも、この世のものとは思えない絶叫が聞こえていた。芳の耳のなかで、その叫び声と弾の音が重なった。

カンカンと何かに当たる金属音と、ピューピューと空気を切り裂く弾の音がひっきりなしに聞こえてくるのだ。その弾の「形状」を表現するなら〝赤い火〟といったところだろうか。

人の命など一瞬で奪うその〝赤い火〟は、たちまちデッキを血の海にした。芳は、なんの防御にもならないのに、ただ毛布一枚を子供たちにかぶせていた。

「敏ちゃん。大丈夫！」

芳は傷口を押さえながら敏子を励ましたが、その傷口からは、なおも鮮血が溢れ出ていた。芳が、

「大丈夫！　大丈夫よ」

と励ましても敏子は、

「痛い、痛い」

と唸るだけである。

もし、機銃掃射そのものが身体に命中していたなら、十五歳の少女の身体など木《こ》っ端《ぱ》みじんだっただろう。

血は出ていても、銃弾そのものではなく、何かに当たってその破片が敏子を直撃したに違いない。芳にはそうとしか考えられなかった。

やがて繰り返された銃撃を終え、米軍機は去っていった。おそらく船に「致命傷を与えることができた」と判断したのだろう。

敏子はうめき声を出しつづけている。一方、弟、妹たちは涙が止まらない。だが、それどころではなかった。デッキも血だらけなら、上から覗《のぞ》き込むと、下の船室もまた血の海なのである。

(これからどうなるのか……)

五人の子供を抱えた花木芳は、途方に暮れた。

しかし、宮良和や、花木家が乗船している「第一千早丸」はまだましな方だった。火災も起こっていなければ、沈没の危機にも、瀕《ひん》していなかったからだ。

銃撃が終わったとき、エンジンこそストップしたものの、第一千早丸は、海面に〝浮いていた〟のである。

だが、一方の「第五千早丸」は違った。

米軍機の銃撃が燃料タンクに命中し、船内で火災が発生。銃撃による「即死」を免れた者たちも、今度は火災から逃げ惑うことになった。しかも、船体はその間に、徐々に沈んでいた。

船内は、

「お父さん、お母さん」

との泣き声や、

「兵隊さん、助けて！」

といった悲鳴に満ちた。

死を前にした人々の断末魔だった。血まみれになった人間がもがき、あがく姿は凄惨だ。大海原の上で、もはや生きる見込みも、希望もない人たちなのである。

幸いに負傷もなく、行動に支障がなかった者は次々、海に飛び込み始めた。だが、大半は家族や親戚の惨状を見かねて、自分だけが飛び込むのをためらっていた。

船からロープが垂《た》れ下がり、それに何人もの人が必死の形相で掴《つか》まっていた。

ある妊婦は子沢山で、背中におぶっていた子供を下ろし、帯でほかの子供も一緒に束にして括《くく》り、もう一本の帯で自分と一緒に結《ゆ》わえて、そのまま海の中に落ちていった。

「生きようと死のうと、親子は一緒」

その母は、おそらくそう考えたのだろう。

多くの疎開者が東シナ海の青い海の波間を漂っていた。泳ぎの達者な人間は、第一千早丸まで奇跡的に泳ぎつき、船上に引き上げてもらった人もいた。

だが、波間に浮かんだり、見え隠れしていた人たちは、多くが蒼海《そうかい》の内へと消えていったのである。

このとき、溺《おぼ》れそうになる人を励ましたり、船から下ろした伝馬船で、助けを呼ぶ人を引っ張り上げたり、必死の救助活動をおこなっている男がいた。

第五千早丸の機関長、二十六歳の金城《きんじょう》珍吉《ちんきち》である。

米軍の銃撃による悲劇に端を発したこの「尖閣戦時遭難事件」の折々に、信じられないような働きをするキーパーソンである。

第五千早丸に乗っていた人たちの一部を救助し、第一千早丸に乗り込んできた珍吉は、動きが止まったエンジンの修理にまで挑戦することになる。

そして、およそ十五時間もかけて、船を「再び動かす」ことに成功する。

しかし、そのことが、より大きな困難へと自らを導くことなど、珍吉もよもや想像はしていなかったに違いない。

# 第一章　最後の疎開命令

## 風雲急を告げる石垣島

一九四四（昭和十九）年、沖縄県の八重山諸島の中心・石垣島（行政区域は石垣町）は、形容しがたい重苦しい空気に覆《おお》われていた。

すでに昭和十八年四月には、山本五十六・連合艦隊司令長官がブーゲンビル島上空で戦死。六月には国葬もおこなわれ、その頃から国民も大本営の発表とは裏腹に「戦況悪化」を肌で感じるようになっていた。

それにつれ、陸・海軍の部隊の動きも慌ただしくなっていた。

もともと島の南部に位置する平喜名《へいぎな》飛行場に海軍の部隊が駐屯していたが、これに加えて、新たに「平得《ひらえ》」、そして「白保《しらほ》」地区で飛行場建設が始まったのである。

島内の農学校や中学校、青年学校などの学徒が動員され、女学校や住民まで駆り出されていた。そこに時をおかず、軍が続々とやってきたのである。

当時の石垣島（石垣町）の人口は、およそ一万九千人である。竹富島《たけとみ》、小浜島《こはま》、黒島、新城島《あらぐすく》、西表島《いりおもて》、由布島《ゆぶ》、鳩間島《はとま》、波照間島《はてるま》など八重山諸島全体では三万三千人を超えていた。

そこに昭和十九年、独立混成第四十五旅団を中心に陸軍と海軍の部隊を合わせ、約八千人の軍人がやって来た。単純計算すれば、人口がいきなり二五パーセントも増加したことになる。

独立混成第四十五旅団は、当初、鹿児島で編成され、昭和十九年六月に鹿児島を出航して石垣島に向かった。しかし、乗船した富山丸が六月二十九日、アメリカの潜水艦の魚雷攻撃を受けて沈没。四千六百人のうち約三千七百人が戦死するという壊滅的な打撃を受けた。

独立混成第四十五旅団は、翌七月から九月にかけて再編成された。実際に石垣島に上陸を果たしたのは彼らであり、終戦まで、旅団は石垣島に約五千四百人余が駐屯することになる。

勝ちいくさなら、島々に防御用の軍など必要はない。

だが、負けいくさとなれば、国土のあらゆる地に配置する戦力が必要になる。日本はその悪循環に陥っていた。

沖縄本島だけでなく、八重山諸島も例外ではなく、応戦兵力の配置で米軍の急襲に備えなければならなかったのである。

兵たちの駐留で、島の生活は激変した。

「食糧問題」の発生である。

食糧の輸送船は、敵潜水艦のために航行が不能になり、食糧は「現地調達」が基本になっていた。石垣島は、もともと農業と漁業が中心である。たとえ戦時でも、大都市のような消費地ではないだけに、自給自活が可能だ。しかし、そこに軍の食糧が加われば、たちまち食糧逼迫《ひっぱく》の事態に陥った。

国家の危急存亡のときだけに表立って不満を口にする島民こそいないが、急速に悪化する食糧事情が人々を不安にさせたのは当然だろう。

島民自身の生活も慌ただしくなった。

島の防衛を担当する「特設警備隊」に召集される者や、前述の飛行場建設を主に担当する「特設警備工兵隊」に召集される者、さらには従軍しない者は、「徴用」として使役に駆り出され、島内「総動員」態勢がほぼでき上がったのである。

昭和十九年から二十年にかけて、日本は、働ける者のほとんどが召集される、いわゆる〝根こそぎ動員〟に入った。石垣島も、その例外ではなかったのである。

石垣市市史編集室が昭和六十三年に編纂した『市民の戦時戦後体験記録　第四集』には、数々の困難を克服して激動の時代を生き抜いた終戦時三十歳だった内間《うちま》グジが旧姓の「照喜名《てるきな》」姓で、こんな手記を残している。

〈昭和十九年に入ると、石垣島にも本土や沖縄本島から軍の兵隊さんが次々と来島しました。

これまで戦争といっても、空襲や艦砲射撃などはほとんどなく、日々を安穏《あんのん》に暮していました。しかし、軍隊が来島してからは島のくらしも急にせわしくなり、戦争を身近に感じるようになりました。

当時、私の主人はすでに他界していましたが、主人の実家が、鰹《かつお》船を所有し、鰹節を製造する鰹屋（カチューヤー）を営んでおり、船員が十四、五名、製造人を七、八名傭《やと》っていました。その頃、島に来た兵隊たちは、学校や工場をはじめ民家で分宿をしていました。

主人の実家にも海軍の将校《ママ》が常宿し、日曜日にもなると多くの部下たちが遊びにきていました。また、納屋（工場）も陸軍の兵隊の宿舎として使用され、船は軍の徴用となり、船員たちも軍の食糧を採りに漁にかり出されていたようです。

私は隣組の人たちと白保の飛行場建設に徴用され、朝早くから夕方まで、整地作業に励んでいました。車のない時代ですから、新川から白保まで長い道のりを毎日歩いて通いました。最初の頃は、敵の空襲もなく作業は順調に進みましたが、空襲が始まってからは仕事もはかどらず、そのうち徴用もなくなりました〉

内間家は、数奇な運命を辿って貴重な「命」がすべて「助かる」ことになる稀有《けう》な一族である。その物語は、あとで詳述する。

「老人や女性、子供たちの命をどう守るか」

戦火が迫る八重山諸島では、次第にそのことが大きな課題となっていく。いくら大本営によってさまざまな情報が発表されても、もはや国民の前に劣勢は覆い隠せなくなっていた。

決定的だったのは、昭和十九年七月七日の「サイパン陥落」である。

サイパン島守備隊の玉砕によって、日本が「絶対国防圏」を破られた決定的な出来事だった。

昭和十八年九月、日本は閣議、そして御前会議において、本土防衛上、および戦争継続のために必要不可欠な「領土・地点」を定めている。

これが「絶対国防圏」である。

サイパン陥落によって、この「絶対確保すべき要域」が破られたのである。それは、「日本全土が米軍機による空襲を受ける状態」に陥ったことを意味していた。

戦争の帰趨《きすう》は、これで定まったと言ってもいいだろう。

米軍が、次に「フィリピン」か、「台湾」か、「沖縄」か、はたまた「小笠原諸島」か――どこを急襲するのかわからない。米軍の「飛び石作戦」などと語られるようになるのは、ずっとのちのことである。米軍の「侵攻先」を日本側はまったく読めなくなった。

なにより日本全土が米軍機の空襲に晒《さら》されるのである。

東条英機内閣はサイパン陥落の七月七日当日に事態に対応するため緊急閣議を開いた。そこで非戦闘員たちを「疎開」させる方針が決まった。

特に沖縄県民には、「沖縄県民のうち女性と子供、高齢者は八万人を本土へ疎開、二万人を台湾へ疎開させよ」との指示が発出された。

これを受けて沖縄県は七月十九日、「沖縄県学童集団疎開準備要項」を正式に発令。そのために使用する疎開船には、海軍艦艇を含む、各種船舶を投入させるという方針も決まった。これは沖縄本島の者は本土へ、八重山諸島の住民は台湾へ、ということを意味していた。

東条英機は三日後の七月二十二日、総理の座を降りた。

## 明暗分かれる「疎開」

しかし、前述のように「独立混成第四十五旅団」自体が米潜水艦の魚雷の餌食《えじき》になっただけでなく、出没する潜水艦の攻撃で民間船も含め、あらゆる船舶の被害が相次ぐ事態となっていた。口から口に伝わる米潜水艦による被害は、島民の間に底知れぬ恐怖を生んでいた。

内閣の緊急会議による「命令」、それを受けた沖縄県の「学童集団疎開方針」があるにもかかわらず、島民の間に疎開への前向きな気運は、なかなか生まれなかったのも当然だろう。

ここで石垣町は一計を案じた。

まず有力者をはじめ、影響力のある名士たちに疎開に協力してもらう方策を採ったのである。地域で指導的な地位にある家族がまず「疎開する」ことを決定し、実際にそれを実行するというものである。

「えっ、あの家族も？」

「あそこも疎開するらしい」

有力者たちが疎開するという情報は、島民たちに大きなインパクトを与えた。

そこで取り残されたら、アメリカ軍にひどい目に遭《あ》わされる――今度は「取り残されると大変だ」という逆の〝恐怖〟が島民に口コミで広がっていった。

台湾への疎開作戦は、こうして軌道に乗り始めた。

疎開希望者が次々と現われ、子供たちが夏休みになった昭和十九年八月、国民学校でも「縁《えん》故《こ》」か、もしくは「集団」による疎開が行われたのだ。

縁故疎開とは、親戚や知り合いのもとに赴《おもむ》く疎開で、集団疎開は、国民学校の学級や学年単位で親元を離れて集団で疎開し、寺院や公の施設をはじめ、さまざまな建物で寝起きし、戦火を避けるものである。

こうした行政の努力の甲斐もあって、昭和十九年九月末までに石垣町の全児童の約五〇％が台湾などに疎開することになった。

台湾への疎開はアメリカ軍の空襲を避けるために、主に夜に行われた。石垣港を夜間に出航し、西表島、与那国島を経由して台湾へ向かうのである。

いずれも、できるだけ闇にまぎれての航海だった。疎開船は、常に危険と隣り合わせだったのである。

そんななかで起きたのが「対馬丸事件《つしままるじけん》」だ。

昭和十九年八月二十二日、沖縄本島から鹿児島に向かった対馬丸は、鹿児島県の悪石島《あくせきじま》の北西約十キロ付近を航行中、米潜水艦・ボーフィン号に発見された。

同艦が発射した魚雷攻撃により、対馬丸は沈没した。

疎開する学童、引率の教員、一般の疎開者、そして兵員たちも加え、実に千七百八十八人の乗船者がいた。このうち学童七百八十四人を含む計千四百八十四人もの人が犠牲になったのである。

これは、多くの疎開学童たちが死亡するという太平洋戦争下でも特筆される大事件となった。だが、救出された人々は、事実を話すことを固く禁じられた。

もし、情報が広がれば、子供たちすら守れない日本軍の劣勢が明らかになり、さらに言えば、順調に進み始めた「学童疎開」自体に大きな影を落とすことになるからだ。

事件は徹底的に隠蔽された。

石垣島にも対馬丸事件は伝わってこなかった。厳しい情報統制のもとにある日本。さらに離島である八重山諸島には、国にとって都合の悪い情報はまったくといっていいほど知らされなかったのである。

## 島内への集団疎開

昭和十九年十月十日には、那覇市内を焼き尽くした「那覇大空襲」があった。その二日後には石垣島へも米軍機は飛来する。

石垣初空襲である。

午前八時過ぎ、石垣島の最高峰、いや沖縄全体でも最も高い於茂登《おもと》岳とバンナ岳の間から姿を現わした米軍機四機は、まず平得飛行場を爆撃。さらに白保飛行場を銃撃した。反転した米軍機は平喜名飛行場にも銃撃を加えていった。

ことここに至って石垣島の島民にも、戦争は、隣近所の出征兵士の家族に届く「戦死公報」とともに、家族とわが身に直接「死」をもたらす具体的な恐怖の対象となった。

十月には、いよいよ日米両軍の正規軍同士が激突するフィリピンの戦いが本格的にスタートする。

日本軍は、ここで実に四十九万人余の戦死・戦病死者を出す大敗北を喫する。米軍に「カミカゼ」と恐れられたゼロ戦による特攻も登場したが、劣勢に陥った戦局の打開には到底、至らなかった。

戦災史料を統括する総務省は、全国各地の「戦災の状況」を集めている。その中に所蔵されている〈石垣市における戦災の状況〉には、昭和十九年から二十年にかけての石垣町の状況がこう記されている。

〈年末までの間は空襲も途絶えていたが、昭和20（1945）年1月1日、アメリカ軍機一機が石垣島の上空を飛びまわって偵察を行い、3日には四機が来襲。初めて、石垣島の民家に爆弾が投下された。その後、1、2月には散発的に空襲が続いた。

アメリカ軍が慶良間《けらま》島へ上陸した3月下旬以降、石垣島は4、5、6月と毎月延べにして千機を超えるアメリカ、イギリス軍機の猛空襲にさらされた〉

容赦なく八重山諸島への米軍機の爆撃はくり返されたのである。

沖縄・台湾方面の戦力増強のため、大本営は昭和十九年九月に第十方面軍（司令部・台湾）を新設し、沖縄は隷下《れいか》の第三十二軍（牛島満司令官）が担当した。

昭和二十年四月一日、米軍は沖縄上陸を敢行する。第三十二軍との激突は苛烈を極めた。

地形が変わるほどの凄まじい米軍の砲火と銃撃に対する第三十二軍の奮戦はつづいた。だが、圧倒的な兵力差により、次第に米軍が優位に戦闘を進め、牛島司令官が率いる第三十二軍主力は本島南部に追い詰められていく。

石灰岩が波や風で侵食されてできた〝ガマ〟と呼ばれる洞窟を転々としながら、戦闘はゲリラ戦になっていく。それでも牛島司令官は白旗を掲げることはなかった。

沖縄本島と石垣島の距離は、およそ四百キロ。東京―大阪間の距離に匹敵する。さすがに石垣島にも凄まじい戦闘のありさまが伝わっていた。

石垣島に駐留する「独立混成第四十五旅団」は無傷であり、ここには正確な情報がもたらされていたのである。

加えて八重山諸島の沖縄県の出先機関は、ほとんどが石垣島に置かれている。詳細な本島の状況は、この出先機関にも伝えられていたのである。

## マラリアの恐怖

昭和二十年六月、いよいよ沖縄本島での戦闘は絶望的な状況に陥っていた。石垣島ではこのとき、軍からあらためて住民に避難命令が発せられた。

第三十二軍がまもなく壊滅することは誰の目にも明らかだった。そうなれば、八重山諸島への米軍の侵攻があり得る。

米軍を迎え撃つ独立混成第四十五旅団にとって、一般の島民は足手まといになる。少なくとも市街地からは移動してもらわなければならなかった。

石垣町の中心は、南側の海岸に連なる四つの集落である。東から登野城《とのしろ》、大川、石垣、新《あら》川《かわ》の四地区だ。

これらは、「石垣四箇《しか》」と称され、平屋の赤い瓦《かわら》の家屋が軒を連ねる古くからの街並が自慢だ。台風などの強風や豪雨に耐えるため、ほとんどが平屋だったものの、かつて琉球国の八重山地方の行政の要衝だった伝統的な地区もある。

それら中心街の住人が山中に避難をするように命令を受けたのである。

それぞれの地区に対して、別々の疎開地が用意された。大川地区の人々が疎開先に指定されたのは、「白水」という地である。

ここでは、家族用に茅葺《かやぶ》きの小屋が建てられていた。隣組単位で、それらは区分けされていたが、それとは別に、集団生活用の細長い体育館のような建物もあった。

当時十二歳だった前述の宮良和（のち「大浜」姓）の一家も、そのうちのひとつに入った。

「沖縄戦が大変なことになっているということは、子供には全然わからないですよ。大人はわかりよったかどうか知りませんけど……。疎開したのは、於茂登岳という山の中腹でした。そこに、隣組の二つか三つぐらいずつ一緒になって、避難のための部落をつくっていたんです。外からは、あまり見えないようなところでしたね。

あの頃は、父が郵政関係の病院の事務局長をやっていて、うちもお金を持っていましてね。トラックでそこへ畳も持って行って、住みやすい綺麗なものにしていましたよ。おばあちゃんもいるからということで、父がいろいろ気を遣ったんだと思います。相当、お金がかかったと思います」

防空壕もあった。そこにも、父がわざわざ畳を運び込んで居心地のいいものにしたという。

「上等な防空壕という印象があります。箪笥《たんす》も入れてあったような……もう、ここで、ずっといるのかな、と子供ながら思っていました」

だが、この疎開地での生活は長くは続かなかった。前出の総務省の〈石垣市における戦災の状況〉には、こんな記述がある。

〈昭和20（1945）年3月下旬ごろから空襲が頻繁になり、死傷者を出すようになると、人々の避難が相次いだ。これが、6月のマラリア地帯への強制避難に先立つ第一次避難といわれている。

同年6月1日、独立混成第45旅団長は、石垣、大浜の町村長を旅団本部に呼び出し、「官公庁は5日までに、一般住民は10日までに避難を完了するように」と伝えた。しかし、その避難地が、マラリアの巣窟《そうくつ》として恐れられていたマラリア有病地への避難命令だった。

避難小屋は隣組単位で作られ、1つの小屋に5世帯ほどが一緒に暮らし、1世帯あたり2畳ほどしかなく、ぎゅうぎゅう詰めの不衛生な環境だった。

さらに、雨期が重なり、環境は日に日に悪化していった。食糧の調達も大きな問題だった。最初に運んだ食糧を食べ尽くすと、一家の主婦たちは食糧を求めて、空襲のさなか10キロ以上も離れた家や畑へと歩いた。

銃撃を避けてやっとの思いで手に入れた食糧も、避難小屋への帰り道、兵隊に見つかると取り上げられてしまうこともあった。

山での生活が2週間近く経とうとするころ、マラリアが襲いかかった。避難当初、元気よく遊んでいた子どもたちが、急に高熱を出して苦しみ始めた〉

十二歳の宮良和の記憶とはかなり異なるようすだが、山の中のそれぞれの疎開地で、マラリアをはじめ、さまざまな伝染病が流行《はや》り始めたのは確かである。

「米軍にやられる前に、マラリアにやられてしまう」

そんな危機感も疎開地で広がっていた。

最悪の知らせが独立混成第四十五旅団に届いたのは、六月二十三日である。

最後まで抵抗を続けた第三十二軍司令官、牛島満大将の最後の命令が発せられたのである。

〈親愛なる諸子よ。諸子は勇戦敢闘、じつに3ヶ月。すでにその任務を完遂《かんすい》せり。諸子の忠勇勇武は燦《さん》として後世を照らさん。いまや戦線錯綜《さくそう》し、通信また途絶し、予の指揮は不可能となれり。

自今《じこん》諸子は、各々陣地に拠《よ》り、所在上級者の指揮に従い、祖国のため最後まで敢闘せよ。さ

らば、この命令が最後なり。諸子よ、生きて虜囚《りょしゅう》の辱めを受くることなく、悠久の大義に生くべし〉

諸子よ、生きて虜囚の辱めを受くることなく、悠久の大義に生くべし――これほど壮絶な命令があるだろうか。

徹底抗戦を続けた第三十二軍の司令部は、ついに最南端の摩文仁《まぶに》の丘まで追いつめられ、牛島司令官と長勇《ちょういさむ》参謀長は、この最後の命令を発して自決。ここに沖縄戦は、事実上、終結したのである。

## 家族の決意

沖縄本島での決着がついた――八重山の守備隊の衝撃は大きかった。いよいよ米軍の上陸、待ったなし、である。

先の内間グジは、こう手記に書いている。

〈戦局がいよいよ厳しくなってきた昭和二十年六月、軍から「住民は指定の場所に避難せよ」との命令が出されましたので、私は長女（当時国民学校四年）と次女（当時国民学校二年）の二人の子供を連れて、新川の避難地であったウガドーにいきました。

避難地でしばらく過ごしたある日、義兄から、ここ（石垣島）も危ないから台湾へ行きなさいとの連絡がありましたので、台湾へ疎開することになりました。

義兄は、家に来た軍の人から敵が石垣島へ上陸する可能性があるという情報を聞いてきたそうです〉

鰹船を所有し、鰹節製造の工場も所有していた内間家には、前述のように海軍の士官が常宿し、工場のほうも陸軍の兵隊の宿舎として使用されていたため、軍の情報が入りやすい環境にあったのである。

グジの亡き夫の兄からの「敵が石垣島へ上陸する可能性がある」との知らせは、衝撃だった。疎開先によっては、マラリアに倒れたまま悲惨な状況に陥った隣組もある。そこに「台湾行き」の知らせである。

「アメリカに負けた」

「日本軍が全滅したらしい……」

軍から漏れ出る沖縄本島の情報は、たちまち口コミで島民の間を駆けめぐった。それは、「あの強い米軍が八重山にやって来る」という意味にほかならなかった。

もとより第三十二軍本隊が勝てなかった相手である。

独立混成第四十五旅団を中心とする石垣島の守備隊で、どうこうできる相手ではないことは誰にでもわかる。

そして、仮に米軍が八重山諸島にやってくるなら「婦女子がどんな目に遭うか」想像しただけで恐ろしかった。

どうする？　石垣島にこのまま留まるのか。

すでに前年からつづく台湾疎開で、多くの島民は台湾に向かった。いま残っているのは、むしろ「台湾へ行くことの危険」のほうを切実に感じ、石垣島にとどまった人々である。

だが、あの時は、米軍が「台湾」に侵攻するのか、「沖縄」に来襲するのか、どちらかまだ「わからない時期」のことである。

今は、米軍が台湾を素通りして沖縄に侵攻し、ついに沖縄が制圧された段階だ。〝無傷〟の台湾に疎開するのは、当然の判断である。

だが、それも「無事に台湾に辿りつけるなら」という条件があってのことだ。途中で航空攻撃、あるいは、潜水艦の攻撃などを受けて命を落とす事態は十分考えられた。

それぞれの家族には、究極の選択が迫られることになった。

先の宮良和は、子供ながらこんなことを思ったという。

「私なんかは、もう山まで避難してるのに、それからまた荷物もまとめて、台湾に行くのかということで……でも、結局、また山から降りてきたんですよ。疎開は、それまで台湾にも行きよったんですけど、鹿児島あたりにも行った人たちもいたと思うんですよ。自分たちは、おばあちゃんもいるし、石垣がいいかなって、たぶん思って残ってたんでしょうけどね。でも、台湾への疎開の決断の理由は、子供の私には、なんにもわからなかったですねえ」

戦時下での「疎開」をめぐって、人々の運命が揺《ゆ》れ動いていた。

# 第二章 「水軍隊」の誕生

## 逼迫する「燃料」事情

尖閣戦時遭難事件で、どうしても避けて通れないのが独立混成第四十五旅団の「水軍隊」の編成である。

戦争の最末期に突如、現われた「水軍隊」――この隊がどう誕生し、どのようなことをしようとしたのかが理解できなければ事件の全貌は見えてこない。

ここで、水軍隊の「第五千早丸」に乗り込み、その機関長を務めた二十六歳の金城珍吉の目を通して水軍隊を説明したい。

すでに記したように金城珍吉は尖閣戦時遭難事件で最重要な役割を果たす人物である。彼がいなければ、誰ひとり生還は叶《かな》わなかったかもしれない、とまで言われるのも大袈裟《おおげさ》ではない。

その金城珍吉の四男・金城珍章《ちんしょう》（七〇）は今も石垣島に住んでいる。

令和四（二〇二二）年十一月、父について、そして金城家について、私は詳しく話を伺うために、はるばる石垣島の自宅を訪ねた。

快く取材に応じてくれた珍章は、まず金城家のことについて、こう語った。

「金城家の先祖は、中国なんですよ。甘粛《かんしゅく》省蘭州の金城県と言われますが、なにぶん、大昔のことなので……。しかし、家系図はかなり古くからのものがあります。わが金城家は、名前に〝珍〟という字が入っているのが特徴ですね。祖父は『珍求』で、父がその三男の珍吉です。南方との貿易をやっていました。祖父はそれなりに裕福だったと思います。子だくさんで、六男七女の十三人きょうだいの三男が父の珍吉でした」

そう言うと珍章は、由緒ある家系図を取り出して見せてくれた。

そこには、現在の金城家の始祖にあたる「珍安」が第一世として記され、十一世の「珍吉」、そして十二世の「珍章」本人も出ていた。

珍章が見せてくれた『中国姓氏系統国』によると、金城家は、かつて「姜《かん》」姓であったことが記されており、秦の始皇帝の時代に、早くも「東海」に向かったことが書かれている。

〈東海の国蓬芙山《ふようざん》に向け中国脱出が頻繁に起こり、姜族の一部も脱出に成功して琉球那覇に上陸し生活水を求め安里《あさと》川上流に住み、中国金城県現在蘭州漢方薬の産地を忍んで金城村と称して名を被《かぶ》せたと考えられる。裸世《はだかゆー》の琉球に農・医・読・書の文化を持参して住民に重宝

された と考えられる〉

金城家に伝わる先祖の説明のひとつがこれである。いずれにしても、先祖が迫害を逃れて遙《はる》か大昔に沖縄に渡ってきたのは間違いないようだ。

あまりに古のことは珍章も知らない。話は、海を舞台にした父・珍吉に移った。

「親父は祖父の仕事を早くから手伝っていたようです。祖父の仕事は貿易、いわゆる運搬ですよ。簡単に言えば輸送です。扱うのは主に食糧品。米や味噌、醤油とか、缶詰、ビールもウイスキー……なんでもです。卸問屋みたいなもんでね。卸し屋だから、店は持っていないです。最初は親父のきょうだいは石垣にいたらしいですよ。でも、その後、(沖縄本島の)宜野湾《ぎのわん》のほうに移って、親父だけが石垣に残りました。それで祖父の仕事を親父が引き継いだわけです」

珍吉は父親のもとに残り、「海の仕事」を継いだのである。しかし、やがて貿易の仕事も困難になっていく。燃料問題である。

昭和十二年に日中戦争が始まると、日本は翌年には「国家総動員法」を制定した。これによって、すべての資源は「政府の管理」となった。

ガソリンなどの燃料も同様で、配給制と切符制によって「割り当て」が基本になったのである。これにより、零細な貿易業は淘汰《とうた》され、南方貿易は続行できなくなったのだ。

十代から父の仕事を手伝っていた珍吉の「家業」は一時中断となった。だが、珍吉は〝海の男〟である。それでも南方貿易にこだわった。

その腕を買われて戦時中は、日本の占領下にあったボルネオと長崎の間の石油運搬をおこなう「栄丸《さかえまる》」の乗組員となっていた。

石油の運搬は、いうまでもなく「国家の命運」を左右する任務である。

そもそも日本は、石油や鉄鉱石、ゴム、スズなど、戦争遂行に不可欠な重要資源を確保するために「南方進出」を果たしている。

せっかく確保した資源を日本国内に運ぶことができなければ、何の役にも立たない。しかし、戦争が激化してくれば、その輸送自体が困難になるのもまた、必然だった。

一億総動員体制の中で、海の男たちは、航空攻撃や潜水艦の攻撃に晒される危険な海原を航行し、「南方資源の輸送」のために命がけで働いたのである。


昭和十九年十月、珍吉の乗る栄丸は、ボルネオからの石油を長崎に届けた。いつものように大役を果たした栄丸は、石垣島に帰る途中、沖縄の糸満港に寄港している。

珍吉はこの時、仲間とともに那覇市の花街《はなまち》にくり出した。

十月九日のことだ。翌々日の十一日に出港する予定の栄丸は、二日間、糸満港に停泊するのである。

海の男たちは、丘に上がれば、豪快に呑《の》み、遊ぶのが習わしだ。戦時中、生と死のはざまで航海をする男たちは、なおさら〝丘で呑むこと〟を常とした。

戦時中の航海では、寝ているときですら、〝海の底〟に対する警戒を怠らない。いくら疲れていても熟睡など程遠く、なかば覚醒したような状態で睡眠をとり、航海を続けるのだ。

それだけに、貴重な石油を内地に運ぶ命がけの使命を果たした際の喜びと安堵《あんど》は大きい。豪快に呑み、遊ぶことを無上の喜びとした所以《ゆえん》もそこにある。

那覇の花街といえば、「辻町《つじまち》」だ。

現在の沖縄県庁、その横の国際通りの西方に位置し、海までのエリアの中に、かつて辻町という沖縄最大の花街が存在した。

琉球王国の昔から遊廓《ゆうかく》として知られる辻町は、もちろん沖縄随一の花街で、琉球語では「チージ」と呼ばれていた。敢えて訳すなら「高い所」とでもいうような意味だろうか。

ここには、沖縄の政界、経済界も含め、あらゆる男たちが出入りした。

昭和初期には、百八十軒ほどの遊廓が建ち並んでいたと言われ、その手の場所に慣れた内地の男たちも壮観さに驚くほどだった。

訪れる男たちをもてなす女性は「ジュリ」と呼ばれた。珍吉ら栄丸の乗組員たちも、〝常連さん〟として馴染みの店を持っていた。

「今回も無事、命を長らえることができた。ご先祖さまに感謝」

それぞれの海の男たちはそんな思いを胸に、入港してただちに遊びにくり出したのである。

この日も、辻町は盛況だった。

戦時中も、花街には、独特の雰囲気があった。いや、いつ命を落とすかもしれない男たちだけに、余計、辻町に「足が向かった」のかもしれない。

この日の宴会は格別の楽しさだった。

戦時中の刹那《せつな》の悦《よろこ》びがそうさせたのだろう。やがて、それぞれが明るく朗らかな〝ジュリ〟と個別の部屋に入っていった。

だが、珍吉たちは朝方、けたたましい空襲警報に叩き起こされた。しかも、これが鳴りやまないのである。

(防空演習があるとは聞いていたが、やけにうるさいな)

覚醒してきた頭のなかで漠然とそんなことを考えていた珍吉たちの耳に、腹の底に響きわたる凄まじい音が聞こえ始めた。

十月十日午前七時前のことである。

ドーン、ドーン……

「大変！　爆撃よ！」

「逃げて！」

防空演習などではない。本物の爆撃だ。早朝の辻町は騒然となった。

凄まじい数の米軍機の襲来である。

ウィリアム・ハルゼー司令官が率いるアメリカ海軍「第三艦隊」所属の第三十八任務部隊による大空襲にほかならなかった。

午前六時四十分、第三十八任務部隊の第一次攻撃隊が爆撃を開始した。米軍が攻撃の第一目標としたのは小禄《おろく》飛行場、現在の那覇空港である。

小禄飛行場と辻町の距離は、直線にすれば三キロもない。至近距離の空港への爆撃がまず始まったのである。

米軍の史料によれば、この「十・十 那覇大空襲」の参加機は、のべ千四百機にのぼる。

飛行場の次は停泊中の艦船も攻撃目標となり、那覇の港湾部分は破壊され、停泊中の駆逐艦や潜水艦、魚雷艇に至るまで徹底的に爆撃された。漁船にも著しい被害が生じた。

アメリカ第三十八任務部隊は、午前中だけで第四次まで波状爆撃を展開し、午後にも第五次の爆撃隊をくり出した。

午後の攻撃は那覇市街を目標におこなわれた。

那覇市内は猛火に包まれ、被害は市内全域に達した。攻撃は沖縄本島のみならず、宮古島などのほかの島にも加えられた。

辻町は港湾部にも近い。町ごと容赦のない爆撃に遭ったのは当然である。琉球王国時代の十七世紀から栄えた伝統の遊郭は、大空襲によってこの世から「消失」した。

猛火の中を無事、脱出した珍吉たちは、糸満に向かった。

海の男たちは、なにより船を大事にする。自分の命と同様の「栄丸」のもとに走ったのである。愛着ある栄丸は、東シナ海、台湾海峡、南シナ海で、苦楽をともにしたかけがえのない〝戦友〟だ。

この戦友さえ無事なら、石垣島に帰ることができる。しかし、船を失えば、働く場所もなくなり、移動の手段さえなくなってしまうのだ。

糸満港への爆撃も凄まじかった。栄丸が停泊していた場所が近づくにつれ、珍吉たちは絶望的な気持ちになった。

爆撃はそれほど徹底していた。軍の艦船だけではない。漁船も含め、船という船が徹底的に破壊されていたのである。

（……）

珍吉たちは、栄丸の無惨な姿を見て言葉を失った。目の前の〝戦友〟は焼け焦げ、まったく原型をとどめていなかった。

これまで、沖縄本島も八重山諸島も、一度も米軍の爆撃を受けたことはなかっただけに珍吉たちの衝撃は大きかった。文字どおりの「初空襲」で、那覇市も、停泊していた艦船も、漁船も、ことごとく「消え去った」のだから無理はない。

珍吉はこの時のことを『市民の戦時戦後体験記録　第三集』（一九八五年　石垣市市史編集室）の中でこう述懐している。

〈昭和十九年十月、長崎からの帰り糸満港に寄港し、私は那覇の辻町で遊びました。その日はやけに空襲警報が鳴り響きましたが、防空演習があると聞いていたので、それだとばかり思っていました。

しかし、のちに沖縄の十・十空襲と呼ばれる本物の大空襲であったことがわかったのです。たちまち那覇の街は火の海と化していました。

私の船「栄丸」は、十一日の出港予定でしたので、糸満港へ船の様子を見に行ったら、すでにやられていました。

二十日頃、暁《あかつき》部隊が八重山へ行くということを耳にしたので一緒に行くことに決めました。兄は「敵の潜水艦が出没しているので行くな」と止めましたが、私は「父母の世話をしなければならない」といって八重山に帰りました〉

暁部隊とは、陸軍の「運輸船舶部隊」のことである。さまざまな物資を輸送するこの部隊は、広島市の宇品《うじな》に船舶司令部を置き、南方方面からアリューシャン列島に至るまでの広域で「運搬」を担《にな》った。彼らは、輸送任務が終わると「陸戦隊」として戦ったため、暁部隊は戦死者も多かった。

珍吉は、暁部隊に乗船を許され、石垣に無事、帰ることができたのである。

## 「水軍隊」への加入

父と母は珍吉を待ってくれていた。

無事、帰ってきた息子の姿を見て、両親の安堵はいかばかりだったか。二十六歳になっていたとはいえ、親からみれば、まだまだ子供である。

しばらくは、ゆっくり休んで英気を養って欲しい、と父と母は望んだ。しかし、優秀な機関士であるこの海の男を、国がそのままにしておくはずはなかった。

昭和二十年の春先、石垣町新川の金城家に軍の憲兵隊がある命令を携えて訪ねてきた。

「金城珍吉は〝水軍隊〟に入隊することを命ずる」

珍吉はそう告げられた。

水軍隊？　聞きなれない名だった。

聞けば、米軍の侵攻で途絶えてしまった「海上輸送」を補うため、新たに徴用船や修理した沈没船を集めて、「水軍隊」と称する船舶部隊が編成されたというのである。

指揮官は、独立混成第四十五旅団の長川小太郎少尉である。

珍吉はまだ二十代ではあるものの、海のことを知り尽くし、しかも、船のことならエンジンでも羅針盤でも、どんなものでも修理できる自信があった。

まさに海の申し子である。その意味で、珍吉を水軍隊に引っ張るという軍の選択は当を得たものだっただろう。

しかし、沈没船まで引き上げて修理して使うという話に珍吉は耳を疑った。一度沈没した船は、あらゆる部位に海水が入り込んでおり、丹念に修理と整備をおこなっても、長期の航行には限界がある。

（そこまで日本は追い詰められているのか）

珍吉はそう思わざるを得なかった。

国のために命を捨てることを厭《いと》わない海の男。東シナ海を自分の庭のように駆けまわる珍吉でも、さすがに「沈没船を修理しても、果たしてどこまで東シナ海を行き来できるのか」との懸念が湧き起こったのは当然だろう。

実際、漁船や貿易のための船舶が、無惨にも敵の攻撃を受けて大海原に沈んでいた。沈没船を修理して〝復活〟させても活動範囲など、たかが知れている。珍吉はそう思ったのである。

沖縄戦が始まると日米の攻防は熾烈を極めた。特攻機が二百五十キロ爆弾を抱えて米機動部隊に突入をくり返した。沖縄戦での特攻死は、およそ三千名と言われる。

昭和二十年四月六日、不沈艦・戦艦大和も、三千三百三十二名の乗組員とともに沖縄への水上特攻を敢行した。

翌七日、駆逐艦の朝霜《あさしも》、霞《かすみ》、磯風《いそかぜ》、浜風《はまかぜ》、また軽巡洋艦の矢矧《やはぎ》など、大日本帝国海軍最後の

「第二艦隊」が壊滅した。

八重山諸島は完全に孤立した。沖縄本島と八重山諸島の航路は完全に遮断されたのである。

金城珍吉が機関長を命じられたのは「一心丸」というおよそ百五十トンの貝採り漁船である。水軍隊に徴発されたことで名称は「第五千早丸」に変わった。同じ大きさの「友福丸」は、名を「第一千早丸」とされた。

米軍の制空下にあって「石垣―台湾」間のルートを確保するのが「水軍隊」の使命だった。船長、機関長、船員は、全員、水軍隊所属となり、船には軽機関銃も据《す》えられた。その発砲のために地元出身の兵隊も乗り込んだ。

珍吉が水軍隊の命令を受けたときは、まだ米軍侵攻前だったが、まさに生と死をかけた輸送任務である。

民間船の徴用は、沖縄だけではない。戦時中、数十トン以上のすべての民間船が軍の管理下に置かれ、兵員や物資の輸送のため、戦地に駆り出された。

いわゆる〝戦時徴用船〟だ。一心丸と友福丸もこれである。

戦艦大和を旗艦とする第二艦隊の壊滅で、すでに日本の海軍兵力は、ほぼ底をついた。それでも戦争をつづける以上は、輸送を絶やすわけにはいかない。そのために必要不可欠な存在だったことは確かである。

戦時徴用船の運命は、軍艦以上に悲惨なものだったことは言うまでもない。

米軍機は、発見すればこれをことごとく海の藻屑《もくず》にした。日本の「輸送力を断つ」ことがなによりも重要だったからだ。

多くの悲劇はそこから生まれた。公益財団「日本殉職船員顕彰会」の史料には、こう記されている。

〈わが国の海運・水産業は、太平洋戦争において軍人の損耗率《そんもう》（戦争に参加した員数と戦死者の比率）を上回る6万余人の戦没船員と、膨大な船舶の喪失による日本商船隊の壊滅という大きな犠牲を払った。（中略）

戦没船員の悲惨な実態を伝えるものに、軍人を上回る犠牲といたいけな年少船員の多いことがあげられている。軍人の損耗率は、陸軍20％、海軍16％となっているが、船員は43％（漁船、機帆船の正確な数字が把握困難なので推計）にもおよんでいる〉

戦時中、沈没した徴用船は、実に「七千二百隻」を超えた。犠牲の甚大さに圧倒される。日本殉職船員顕彰会が犠牲者を〈軍人を上回る〉、あるいは〈いたいけな年少船員の多いこと〉と、わざわざ特筆していることが痛ましい。

十代の戦没者が約三割を占めていたことを、後世の日本人は忘れてはならない。海の男たちは、珍吉と同じように十代から大海原で懸命の活動を展開していたのである。

水軍隊は、友福丸から変わった「第一千早丸」、一心丸から変わった「第五千早丸」、そして内地から徴用されてきた「第三千早丸」の三隻体制でまずスタートした。

制空権を失った東シナ海を、軽機関銃ひとつで航行する徴用船。発見されれば〝終わり〟という悲壮感が漂う隊である。日本はここまで追い込まれていた。

その決死の任務に就いた金城珍吉――息子の珍章に対する「父についての取材」は長時間に及んだ。くり返し詳細を聞く私に、やがて珍章は、

「こんなものがあります」

と、計十六枚に及ぶ紙の綴《つづ》りを引っ張り出してきてくれた。一番上には、

〈尖閣列島遭難記〉

と記されている。その横には、

〈昭和三〇年二月二日詳記〉

との文字があった。金城珍吉が「尖閣戦時遭難事件」から十年後、つまり三十六歳の時に書いた回顧録だった。それは、この事件を語る上で欠くことのできない「第一級の史料」にほかならなかった。

さすがに第五千早丸の機関長という重責を担った人物の回顧録だけに『尖閣列島遭難記』は詳細、かつ圧倒的な内容だった。

戦後、石垣市が取り組んだ熱心な聴き取り作業によって、実際に尖閣戦時遭難事件に遭遇し、幸運に生き残った人々も、それぞれの思いを残している。

痛切な思いと、奇跡ともいえる現象が綴《つづ》られたこれらの文献は、まさに日本の財産である。だが、珍吉の遭難記の内容は、それらとは違う意味を持っていたというべきだろう。

そこには、疎開者たちが石垣島をあとにして台湾へ疎開する気持ちを含め、丹念に綴られていた。島に残る夫や息子といった男たちの心配、自分自身が無事、台湾に辿りつけるかどうかの不安……見送る側も、去っていく側も、誰もが「今生《こんじょう》の別れ」を意識せざるを得ない時代だった。

現代人とは異なる「覚悟」を持った当時の日本人とはいえ、やはり、制空権なき大海原に出ていく「生と死」をかけた疎開は、悲壮なものだった。

# 第三章　阿鼻叫喚の中で

## 運命の「石垣港」第二桟橋

昭和二十年六月三十日午後八時、石垣港の第二桟橋に最後の疎開船となる「一心丸」と「友福丸」、そしてもう一隻が停泊していた。

軍に徴用された三隻は、それぞれ「第一千早丸」、「第三千早丸」、「第五千早丸」と名前が変えられていた。

乗船開始は、午後八時半だ。両手に一杯の荷物を提げている人もいれば、子供の手を引き、背中には乳飲《ちの》み子を背負っている若い母親もいた。

無事、台湾に着いて欲しい。

言葉には出さずとも、思いはそれひとつである。一度、石垣を離れれば、およそ二百五十キロ先にある台湾まで運を天に任すしかない。

米軍がいつ侵攻してくるかもしれない不安。明日かもしれない、いや、ひょっとしたら、数時間後の未明かもしれない……声に出すのもおぞましい、そんな不安を抱えて、島民は黙々と乗り込んでいた。

このときの三隻が「水軍隊」のすべてである。乗り込んだ正確な人数は、今もって定かではないが、おおよそ二百人を超える。

石垣町の大川と石垣の境にある十字路（筆者注＝現在の大川西交差点）の角に立つ花木写真館の一家は、第一千早丸に乗り込んだ。

石垣島を中心とする八重山には、独特の習慣があった。お正月などの一年の行事の際はもちろん、家族の祝いごとも含め、写真館で「記念写真を撮る習慣」である。

そのため、石垣町には、人口に比較して写真館が多かった。花木写真館は、なかでも「腕のいい店」として、石垣町の一等地にスタジオつきの写真館を構えていた。

写真館から道を隔《へだ》てた向かいには、石垣町民から最も信頼を集めていた吉野病院があり、その向こう側には映画や劇などを楽しむ町民〝憩いの場〟の千歳館《ちとせかん》もあった。文字通りの石垣町の中心である。

前述の当時四十歳の花木写真館の女主人・花木芳は、その後、尖閣戦時遭難事件のなかで数々のエピソードを残す女傑である。

腕のいい写真技術者である夫を支え、「撮影」以外の面で、実質、写真館を支えた明治生まれの女性だ。

於茂登岳の白水に疎開していた花木家も、台湾への最後の疎開船に乗船した。『市民の戦時戦後体験記録　第二集』(石垣市市史編集室)に寄せた花木芳の手記には、そのときの状況がこう記されている。


〈戦争の負けた昭和二十年八月から、わずか二ヵ月前に、私たちは何も知らないで、台湾に疎開した。

せっかく一度は白水に避難していたのに、今度は私たちの疎開の番がきたといわれて、主人と長男とは残り、女、子どもだけで台湾に行った。

私が四十二歳、長女が十七歳、次女が十一歳、三男が八歳、四男が五歳、五男が一歳六ヵ月だった。

「おばあ、いってくるねー」といって親戚の家に行って別れの挨拶をしたのはきよし。傷病兵と民間の疎開者を乗せた四隻《ママ》の船が、一度は西表の白浜に寄って、炭坑の跡のようなレールのあるトンネルに身をかくして休み、夜になって台湾に向かって出発した〉

手記には自身の年齢が「四十二歳」と書かれているが、これは数え年のためで、満年齢では芳は四十歳である。

花木家もそうであるように、どの家族も、男は石垣島に残った。敵上陸に際して「米軍と戦うため」である。

この時代、一家の大黒柱は、父親も母親も同じである。父が戦うなら、あとは母が一家を背負っていかなければならない。

明治生まれの芳は、弱音など吐く女性ではない。夫・光洋と長男・真一に加え、十四歳の次男・光俊まで鉄血勤皇隊の一員として米軍と戦うのである。自分たちがその「足手まといになるわけにはいかない」という思いは当然、あった。

だが、芳の手記には、「せっかく一度は白水に避難していたのに」というくだりがある。於茂登岳の疎開地で暮らしていたのに、あらためて「海原の彼方の台湾」へ行くことへのわだかまりと不安が文面に表われている。

八重山諸島へ米軍の侵攻が本当にあるか否かは、もちろん誰にもわからない。しかし、戦争に敗れれば、婦女子がどうなるかは、古今の戦争が示すとおりである。

男たちの足手まといになってはならぬ——その思いは女性たちに共通していた。

第一千早丸、第三千早丸、そして第五千早丸の三隻が石垣港の第二桟橋を離れたのは、六月三十日の午後九時を過ぎた頃である。

一方、宮良和の一家は、全員で八人である。孫たちが年老いた祖母を労《いた》わりながら、ゆっくりと第一千早丸に入っていった。

鰹船を一隻持ち、鰹工場も営んでいた内間家は、前述のように軍の宿舎になっていただけに乗船する人たちの中では、最も軍の情報に通じていた家族だろう。

国民学校四年生の長女と二年生の次女、そして義兄の嫁と娘たち、さらには義伯母の合わせて七人を引き連れた内間（旧姓・照喜名）グジは、このときのことを先に挙げた『市民の戦時戦後体験記録　第四集』にこう書いている。

〈忘れもしない六月三十日の夕刻、石垣港の第二桟橋から私は二人の子供と、主人の兄嫁と子供三人、それから主人の伯母の計八人で、一心丸に乗り込みました。

疎開船は一心丸のほかに友福丸がいました。当初、一心丸に乗った私たち八名は、途中西表で一泊した時に友福丸に乗り換えました。

そのいきさつについては、よく覚えていませんが、そのことが後で私たちの運命を左右するとは、全く予想もつかないことでした〉

人間の運命は、あらかじめ神によって決められているのか。それとも、そんなものはもともとなく、常に偶然が重なってドラマが織《お》りなされていくのか。

確実にいえるのは、命を拾った人々には、説明しがたい幸運がついてまわったということである。内間家の幸運については、後述する。

石垣港を出た三隻は、暗闇のなかをまず西表島の船浮《ふなうき》港を目指した。西に航路をとれば、石垣島の数キロ先にはすぐに竹富島がある。そこには寄らず、その西にある西表島に向かったのである。

西表島は面積が二百八十九平方キロメートルもあり、沖縄では本島に次ぐ二番目の広さを誇っている。八重山諸島の中心・石垣島の二百二十二平方キロメートルより大きいのである。ただし、「西表」という名称は、石垣島、いや沖縄の最高峰である於茂登岳の「西にある島」という意味で、あくまで石垣島が八重山の中心であったことは、古より変わらない。

島の九割が亜熱帯の自然林であり、イリオモテヤマネコや、イリオモテキクガシラコウモリなど、稀少な野生鳥獣が生息している西表島は、平野部分が最も広い西海岸に人口が集まっている。船浮港も島の西側にあり、三隻は島を北側からぐるりとまわり込んで船浮港を目指した。

およそ六時間後の七月一日午前三時、三隻は無事、船浮港に入港した。深夜の入港である。

だが、ここで異変が生じた。第三千早丸のエンジンがどうもおもわしくないのである。石垣港出航直後から、不完全燃焼のような嫌な音を響かせ、船浮港にはどうにか辿りついたものの、今後の大海原の航行にはとても耐えられそうもなかった。

珍吉をはじめ三隻の機関長が第三千早丸に集合し、それぞれが原因を話し合い、修理も試みたが埒《らち》はあかなかった。

朝方、結論は「出航不能」となった。第三千早丸の「脱落」が決まったのである。

「第三千早丸はエンジン不調により、出航不能となりました」

疎開者たちにそのことが告げられた。

驚きの声が上がった。三隻体制の「台湾疎開」が二隻になったのである。だが、一隻減ったからといって、第三千早丸に乗り込んでいた疎開者たちを西表島に置いてきぼりにするわけにはいかなかった。

三隻分乗を「二隻分乗」に変更したのである。

あらためて船を乗り直した家族――このとき、八人という大所帯で第五千早丸に乗り込んでいた内間家は、人数の問題もあり、全員で第一千早丸に乗り換えることになった。このことが一家の運命を決定的に変えることになるのだが、もちろん本人たちは知る由もない。

西表島の船浮港から与那国島までは、直線距離でおよそ五十キロほどだ。夜出れば、朝には着く。通常なら、与那国島に行き、そこから一挙に台湾の基隆を目指すのが通常のコースである。だが、このコースは米潜水艦の来襲が相次いだ。これを避けるために、水軍隊は一度、尖閣の魚釣島方面に北上し、そこから一転、西に向かって台湾を目指す航路をとることにした。

この航路を開拓したのは、珍吉たち水軍隊の第一次台湾行きだった。

昭和二十年五月二十五日、水軍隊は初めてこの尖閣列島付近を迂回《うかい》するコースをとり、敵機や潜水艦の来襲を避け、台湾へ無事、食糧・弾薬を輸送することに成功している。

長川小太郎少尉の喜びは大きかった。自ら創設を考案した水軍隊が、さっそく新ルート開拓により、輸送任務を見事に果たしたのだから当然だろう。

　長川少尉から報告を受けた独立混成第四十五旅団長の宮崎武之陸軍少将は、水軍隊の航路の創案に対して「賞詞《しょうし》」を出している。「賞詞」とは、軍隊においては多大な功績があったものに対して特に与えられる名誉ある賞である。

　宛名は水軍隊の長川小太郎隊長以下、三十一名だ。第五千早丸の船長、宮城三郎や機関長の金城珍吉の名前も記されている。

〈昭和二十年春沖縄作戦近迫シ敵機及敵潜水艦ノ跳梁愈々《いよいよ》激シク先島群島―台湾間ノ航行遮《しゃ》断《だん》セラレ、軍、民需物資ノ補給途絶スルヤ兵団ハ長川少尉ヲ長トスル水軍隊ヲ編成シ沈没又ハ座礁セル船舶ヲ引上ゲ之ヲ改修シテ輸送路ノ打開ヲ企図セリ
　水軍隊ハ隊長以下協力一致昼夜兼行シテ船舶ノ引上ニ或ハ改修ニ勉メ敵機、敵潜ノ来襲時期及航路等ヲ具《つぶさ》ニ検討シテ尖閣列島附近ヲ迂回スル航路ヲ創案シ、第一、第三、第五千早丸ノ三隻ノ発動機船ヲ指揮シ以テ此ノ危険海域ノ突破ヲ敢行セリ
　而《しこう》シテ敵機ニ遭遇スルコト数度ニ及ブモ隊長ノ果敢ナル陣頭指揮ト卓絶《たくぜつ》セル航法並《ならび》ニ隊員ノ鉄石ノ団結ト敢闘精神トニヨリ巧ニ之ヲ回避シ以テ此ノ重大任務ヲ完遂シ当兵団ノ作戦ニ大ナル貢献ヲナセリ
　然リ而シテ此ノ水軍隊ノ行動ハ同一任務ヲ有スル他部隊ニ刺激ヲ与ヘ台湾―石垣―宮古島間

ノ活発ナル運航トナリ軍ノ戦力増強ニ寄与《きよ》スルコト至大ナルニ至リ其ノ武功真ニ抜群ナリ
仍《よつ》テ茲《ここ》ニ賞詞ヲ与《あた》フ
昭和二十年七月三十日　独立混成第四十五旅団長陸軍少将　宮崎武之〉

日付に注目していただきたい。〈昭和二十年七月三十日〉である。その意味についての考察は、第九章に譲りたい。

## 運命の船出

二隻は七月二日午後七時、船浮港を静かに出航した。

石垣島と違い、西表島には疎開者にゆかりの者はなく、淡々とした出発だった。一旦、尖閣付近まで北上し、そこで一転、西に進路を採る、五月に開拓したものと同じルートである。

基隆港到着は、七月三日午後五時。およそ二十二時間の航行だ。

東シナ海は、おそろしいまでに静寂だった。波もなく戦争中であることが嘘のような夜だった。珍吉は〈尖閣列島遭難記〉にこう書いている。

〈凪も静かで波もなく、鏡のような航海で、疎開者の中からは楽しそうな歌声も聞こえてきた〉

無事、大海にむかってすべり出せたことに疎開者たちから、思わず歌声が出たのである。逆にそれまでの張りつめた緊張感がいかに大きかったかが想像できる。

しかし、ここで疑問が生じる。

「なぜ」尖閣方面に向かったか、である。

たしかに水軍隊は石垣島から尖閣諸島を迂回し、基隆へ向かう航路を開拓し、5月に食糧・武器弾薬の輸送に成功はしている。

しかし、成功体験はその「一回きり」である。

この尖閣迂回コースの致命的欠陥は「航路が長い」ことだ。西表島の船浮港を出てから、基隆港まで、およそ二十二時間、つまり丸一日「寄港先」がないのである。

これは何を意味するか。

それだけ「白昼の航行がある」ということにほかならない。

西表島を出て、夜間の航行を基本とし、少々、明るくなったとしても、大半を夜陰にまぎれて航行する「石垣島↓西表島↓与那国島↓台湾」という方法をなぜ採らなかったのか、ということだ。

七月三日の夜が明けてからは、その日の「午後五時」まで、敵機に姿を晒すことになるということをどう判断したのだろうか。

さらに言えば、そもそもこの「疎開命令」自体にも、疑問が生じてくる。

たしかに米軍の動きは読めない。沖縄本島の激烈な戦いを制した米軍が八重山諸島の占領を狙ってくる可能性もあるだろう。

もし、やってきたら、八重山の守備隊などひとたまりもない。たちまち八重山は陥落するだろう。

しかし、それでも、水軍隊への賞詞にも記されている危険な中で、制空権を失った大海原にほとんど無防備で漕ぎ出すことを思えば、明らかに石垣島の於茂登岳の中腹にある疎開生活のほうが安全だっただろう。八重山から台湾への疎開は、それほど「命がけ」だったからだ。

軍の命令に従って、軽機関銃ひとつが装備されただけの民間徴用船に乗った人々の運命が、あまりに哀れなのである。

## 始まった米軍機の機銃掃射

ちょうど午後二時頃のことだった。

二隻は、夜が明けてもう「八時間以上」も東シナ海を航行していた。どこまでも広がる蒼海の上を、ポツンと丸裸の〝民間船〟が二隻も走っているのである。

そのとき金城珍吉は、疎開者が機関室に出たり入ったりしているのに気づいた。

「ここは機関室ですよ。勝手に入らないようにしてください」

珍吉が注意すると、

「敵機が近くまで来ています。どうしたらいいでしょうか」

そんな答えが返ってきた。

えっ、敵機が近くに？

「なに！」

珍吉は同時に機関室の伊礼《いれい》良精という若者に「見て来い！」と叫んでいた。十八歳の伊礼は珍吉より八つ年下である。珍吉は、まじめな伊礼を特にかわいがっていた。デッキにかけ上がった伊礼は、顔色を変えてすぐ飛び降りてきた。

「敵機です！　まちがいありません」

しまった、ついに……

もう、どうしようもない。珍吉もデッキにかけ上がった。

（………）

珍吉の目に、ゆうゆうと船に向かって飛んでくるB-24の姿が飛び込んできた。

船長室のうしろには軽機関銃が備えつけられている。かたち上は「いつでも敵機と戦える」よう準備はある。

（機銃隊よ、頼む……）

人間とは、どんなときでも、ものごとを都合よく考えるものである。

無駄とは知りながら珍吉の頭には、「機銃隊が撃ち落としてくれるかもしれない」という願望がこみ上げてきた。

たしかに機銃は発射された。だが、米軍機に命中するようなものではなかった。たちまちB－24の凄まじい機銃掃射が始まった。

ババババ……バババババババ……バババババババ……

この世のものとも思えない音と破壊力だった。珍吉のまわりのあらゆるものが砕け散っていった。

なぜ自分に銃撃が当たらなかったのか、珍吉にはわからない。しかし、偶然が重なったのか、幸運なのか、とにかく物は砕けても、自分の身体は「砕け散って」はいなかった。

味方の機銃隊はあっという間に沈黙した。機銃も隊員も、完全に破壊され尽くしたらしい。

だが、敵の機銃掃射はそれで終わらない。次の攻撃をするためにB－24は旋回して、また掃射してきたのだ。

「うわっ！」

機関室に飛び込んだ珍吉は機関をストップさせた。動かしたままなら、次の掃射で火を噴《ふ》くかもしれない。

珍吉は再びデッキにかけ上がった。

ものすごい光景が広がっていた。

デッキは血の海だった。機銃隊の兵士や疎開者たちは敵弾に斃《たお》れ、死体の山になっている。

米軍機が、珍吉とかたわらにいる伊礼を狙ってきた。

バババババ……バババババババ……

「飛び込め！」

珍吉は伊礼に向かって叫んだ。

だが敵は海に飛び込んだ珍吉たちめがけてなおも機銃掃射を浴びせてきた。〝狙い撃ち〟である。

海の中を自在に泳げる珍吉にとっても、掃射をかわせたのは、単に運がよかっただけだろう。

B－24がいくら撃ち込んでも、珍吉たちの遺体は浮かび上がってこなかった。

知らないうちに珍吉は船から遠ざかっていた。

命中したのか、それとも生きているのか。さすがにB－24も確かめるすべは持っていなかった。

やっと敵機が飛び去っていったのを確認した珍吉は、海面へ浮かび上がった。

見ると、船が燃え始めていた。

(火さえ消すことができれば……機関に異常がなければ台湾まで行ける……)

珍吉は、まだあきらめてはいなかった。

二人は懸命に船に向かって泳いだ。潮の流れはかなりある。珍吉は必死だった。

多くの疎開者が死んだかもしれない。しかし、生存者を台湾まで連れていく責任が珍吉にはあった。

## 炎上する第五千早丸

船の近くまでくると、珍吉の目になにかの板にすがって泳いでいる人々が見えた。十四、五名はいるだろうか。

船に目をやると、無事な疎開者が船尾に吊《つる》してあった小伝馬船《こてんません》に大勢乗っているのが見えた。その綱を一人が必死で切ろうとしている。

今、ロープを切ったら危ない。珍吉は叫んだ。

「綱を切ってはダメだ！　落ちるぞ！」

大音声である。だが、船上までは届かない。

「それより、早く火を消して！　早く！」

動転している疎開者たちに、珍吉の声が届くはずはなかった。

珍吉も伊礼も、船首の方に廻って、やっと垂《た》れ下がったロープを発見した。これを伝《つた》って、なんとか船上に這い上がった。

しかし、一人も火を消そうとしている者はいなかった。火はすでに燃えひろがっていた。

「とにかく消すんだ！」

珍吉は伊礼にそう叫ぶと、必死で火を消しにかかった。だが、もはや手の施しようがない。

消火作業の遅れは致命的だった。

（これは、無理だ……）

船が失われたら、さすがに疎開者を台湾に連れていくのは無理だ。そんな絶望的な思いが珍吉の頭をよぎった。

ドーーーーン
恐ろしい大音響とともに爆発が起こった。珍吉も伊礼も身体が一瞬、浮き上がった。だが、かろうじて吹き飛ばされることだけは避けられた。

もう無理だ。火がまわり、軽機関銃の弾庫《だんこ》に燃え移り、火薬が爆発したのは明らかだった。

船体の維持は絶望的になった。

珍吉はさっきの小伝馬船のことが気になり、火の海になった船尾のほうに行ってみた。

無我夢中で叫んだ自分の声が聞こえなかったのだろう。

結局、片方のロープは切られ、小伝馬船は無惨に吊り下がっており、珍吉が見たときに小伝馬船に乗っていた疎開者たちは海に落ちたのか、影さえ見えなくなっていた。

（なぜ……聞こえなかったんだ……）

珍吉は暗澹《あんたん》たる思いになった。

船首の方に珍吉はまわった。まだ沈没には間がある。ひとりでもふたりでも、命を救わなければならない。

「あっ、船長っ！」

機銃でやられ、血だらけになり、息絶えた人もいれば、まだかろうじて息をしている人もいた。その中に宮城三郎船長を発見したのである。

だが、船長は手も足もやられ、血だらけになって倒れていた。

宮城船長は明治三十六年生まれの四十二歳、厄年《やくどし》である。魚や貝を求めて東シナ海を自由に行き来した海の男だった。夫人と三人の子供も台湾に疎開するために同じ船に乗っていた。

（家族が乗っているので、助けるために力の限り敵機と戦われたことだろう……）

宮城船長が一目で致命傷を負っていることが珍吉にはわかった。

そのとき目を開けた船長は、機関長である珍吉がそこにいることがわかったようだった。

「金城君、すまんが水をくれんか……」

しぼり出すように船長はそう言った。

水……水……水は、どこにあるのか。珍吉は必死に水を探した。

そのとき、獲《と》った魚や氷を入れておく「ダンブル（筆者注＝冷蔵庫のようなもの。漁船には必ずこれがある）」の中から声がした。

激しい銃撃で咄嗟《とっさ》にここに飛び込んだ疎開者が、中から助けを呼んでいるのだ。

「おーい！」

珍吉も叫んだ。ダンブルの蓋《ふた》はすでにどこかに弾《はじ》け飛んでいる。蓋は水に浮くので、これを持って海へ飛び込んだものもいたかもしれない。

上から見るとダンブルの中で親子が助けを求めていた。珍吉は大きく手を伸ばし、親子の手をつかむと一気に力まかせに引き上げた。

親子は、珍吉のおかげで上へ転がり出ることができたのである。

幸いなことに親子は水筒を持っていた。

「スミマセン！　水を分けてください！」

珍吉はこれを借り受け、無事に水を船長に飲ませることができた。宮城船長はありがたそうにその水を口に含んだ。

「船長、これは欲しいときに飲んでください」

水を別の水筒に入れ直した珍吉は、船長のかたわらに置いた。まだまだ助けなければならない人がいたからだ。

「金城君……」

宮城船長は涙を流しながら、珍吉に語りかけた。

「自分はもうだめだ。君たちは、なんとしても生き残ってくれ。疎開者を助ける方法をなんとか考えてくれ……」

珍吉は胸がつまった。この期《ご》に及んでも、船長は自分のことより乗船者の命を心に留めていた。珍吉には慰める術《すべ》もなかった。

ただ涙が溢れ出てきた。見ると伊礼も泣いていた。

「わかりました」

そう言うのが精一杯だった。そして、

「必ず助けに来ます……元気を出して頑張ってください」

そう言った。それが気休めに過ぎないことは、致命傷を負っている船長自身が一番わかっておられるだろう。珍吉はそう思った。

猶予はなかった。

船のまわりで溺《おぼ》れかかっている人々を珍吉は助けなければならなかった。まだ燃えていないもの、しがみつけば浮いていられるものを珍吉は片っ端から海に投げ入れた。

溺れかかっている親子に向かって、マストも投げいれた。その親子にマストをつかませ、叫んだ。

「助けに来るまで、絶対にマストを離してはいけないぞ！」

伊礼と二人だけで多くの人を救うのは難しい。

やはり応援がいる。そして救助用の小伝馬船も必要だ。見れば、同じように凄まじい攻撃は受けただろうが、第一千早丸が浮かんでいることは目視できた。

あそこまで行って助けを呼び、第一千早丸の救助用の小伝馬船で人々を救おう――。

珍吉は、そう思った。

猛然と第一千早丸に向かって泳ぎ始めた珍吉。伊礼もあとを追った。

だが、近くにいるように見えて、二人はなかなか第一千早丸に到達しなかった。

珍吉は焦った。助けを待っている人たちが大勢いる。俺は何をしているんだ！

珍吉が第一千早丸に辿りつくのに三十分近くかかっただろうか。

「大変です。人手と救助用の舟をください！」

ものすごい形相で第一千早丸に上がってきた珍吉は、船団長の顔を見るなり、そう叫んだ。

第一千早丸の惨状も筆舌に尽くしがたかった。

デッキは同じように血にまみれ、多くの死者が横たわっていた。

（…………）

珍吉には、犠牲者たちに手を合わせる余裕すらなかった。

船団長は、珍吉の姿を見ると、

「よく生きていてくれた。本当によかった」

心からそう喜んでくれた。

救助用の小伝馬船をはじめ、救い出すことに役立つものは何でも借りて、珍吉と伊礼はすぐに取って返した。第一千早丸で動けるものはついてきてくれた。

海に浮かんでいる人々を一刻も早く助けなければならなかった。

小伝馬船を漕いでくれたのは、第一千早丸に乗っていた同じ水軍隊の十七歳、見里《みさと》雄吉である。

見里は漕ぎながら、第一千早丸の悲惨なありさまを珍吉に話した。

機銃掃射で人々が次々とやられたさまは全く同じだった。

だが、衝撃だったのは、見里が船団長の胸中を話したことである。ベテランの機関長、仲間武秀機関長が機銃でやられ、死亡したというのだ。

「実は、機関がやられ、動かなくなっています。修理して直せるものもおらず、途方に暮れていました。船団長は金城機関長が生きていてくれて、ほっとしたと思います」

見里は、そう告げたのである。

見里は聡明な青年だった。水軍隊の陸軍二等兵で、十九歳の兄・清吉と共に体力・知力を兼ね備えた兄弟として珍吉が高く評価していた〝海の男〟である。もとは、二人とも八重山の漁師だ。

その見里が、エンジンが動かず、しかも修理すべき機関長が死んだことを珍吉に伝えたのである。衝撃的な事実だった。かたや第五千早丸は炎上し、残った第一千早丸もエンジンがやられ、動けない。考えられ得る「最悪の事態」である。

船団長が珍吉の顔を見て「よく生きていてくれた。本当によかった」と言ったのは、停止してしまった第一千早丸の機関修理が、

「金城機関長なら可能かもしれない」

と思ったからかもしれない。

海に浮かぶ人々を救助し、第一千早丸に早く連れてこなければならない珍吉に、すべての状

況が理解できた。

海流の早い東シナ海である。エンジンが動かない以上、第一千早丸は「漂流を始める」だろう。流れは、台湾とは逆のほうに向かう。いずれにしても、エンジンが直らなければ、全員助かる見込みはない。

第五千早丸の機関長たる自分の肩に「すべての命」がかかっていることが、珍吉にはわかったのだ。

(……………)

大変な事態だった。

## 吊り便所で助けを呼ぶ女性

第五千早丸は、もう船首の方にも火が廻っていた。

この分では、海面に浮かんでいる時間はさほど長くない。本当に猶予はなかった。沈没間近である。

救助はまず船の近くから始めた。ひとりひとり海から引き上げる作業がつづく。

第一千早丸から珍吉は何本ものロープを持ってきていた。溺れかかっている者に掴《つか》んでもらうためである。大海原の文字どおりの「命綱」だ。

時間との戦いとなった作業はつづく。

これ以上は無理かもしれなかった。第五千早丸が、ついに沈みかけてきた。

そのときである。

「助けて……助けてください……」

珍吉の耳に女性の声が聞こえてきた。

えっ、どこだ?

目を見開いた珍吉は、吊り便所のロープにすがりついて肩まで海水に浸かっている一人の女性の姿を発見した。距離は三十メートルほどだろうか。

第一千早丸にも、第五千早丸にも、便所がない。というより、この頃の沖縄のほとんどの発動機船には、便所が「ついていなかった」というのが正しいかもしれない。

では、乗っている人間はどうやって用を足すのか。

それが「吊り便所」である。突き出した船尾の先に二本のロープで木箱を吊り下げ、これを便所にした。そこでブランコに乗る要領で座って用を足すのだ。

つまり、糞尿は海に〝放流〟するのである。波が高いときなどは、ほとんど〝命がけ〟である。

男は、船の上からそのまま小便を海に向かってしていたが、女性はこの吊り便所で用を足した。わざわざ覗《のぞ》き込む人などいないものの、決して気持ちのいいものではない。

「海の男」はいても、「海の女」がほとんどいなかった時代を表わすものともいえる。

燃える船からのロープの一本は、すでに火で燃え切れていた。身体の半分以上は海の中にある彼女の命綱は、残り一本のロープだけになっていた。

刻一刻と沈没の時間が迫っている。

よく見ると女性の背中には赤ん坊がいる。背中に乳飲み子をおぶったまま、ロープにしがみつき、しかも垂れてくる石油を頭からかぶっているようだ。火が飛べば、たちまち火だるまになる恐れもあった。

珍吉は、伝馬船から海に飛び込んだ。

「危ない！」

そんな見里雄吉の叫びが聞こえた。船が沈むから危ない、という意味である。

「無理なら戻る。とにかく行く」

珍吉はそう応えた。

百五十トンの船が沈めば、伝馬船は引きずり込まれる。もちろん人間など、ひとたまりもない。一度引きずりこまれれば、二度と浮き上がってこないだろう。

見里はそのことを恐れたのである。

だが、珍吉の頭には「この人を助ける」ということしかなかった。ひとりでも多くの疎開者を救出する——珍吉の使命感に、揺らぎはなかった。

宮城船長が自分の命よりも、疎開者たちの命を救ってくれるよう口にしたのは、ついさっきのことだ。

なんとしても大切な「命」を救わなければならなかったのだ。三十メートルほどを猛然と泳いできた珍吉は、海の底に沈んでいく直前の女性をしっかりと抱きかかえた。

だが、背中の赤ん坊はすでに事切れている。乳飲み子は、溺死していた。

「もう大丈夫ですよ！　安心してください！」

珍吉の声に、女性は頷きながら、

「ありがとうございます……ありがとうございます……」

茫然《ぼうぜん》とそうくり返していた。

このとき見里が漕ぐ小伝馬船が追いついてきた。見里も必死だ。珍吉は、見里の手を借りて彼女を小伝馬船に押し上げた。

乳飲み子の命こそ救えなかったが、母親の命は救うことができた。珍吉は、ほっと胸を撫で下ろした。

このときのことを珍吉は『尖閣列島遭難記』に記している。

〈今でも忘れることができないのは、切れて落ちた吊り便所につかまり、燃える船の下で助けを求めている女の声である。

垂れ落ちる石油を頭からかぶり、大分疲れているようで、弱々しい声で助けを求めている。

美里君《ママ》は危ないからよしなさいと言っていたが、まずは行ってみて、助けられないようなら戻ってくるからと、泳いで行き、やっとの思いで便所を引っ張り出し、助け出すことができ、ほっとした。その方も今は良き母親になっておられることだろう〉

その方も今は良き母親になっておられることだろう――珍吉は、そう書いた。だが、まさかそれから三十年近くのちに、このことで〝ある奇縁〟が生じることなど、夢にも思わなかっただろう。

## 動き出した機関

第五千早丸は猛火に包まれ、やがて海の底に消えていった。身動きができなかった宮城船長や機銃隊、疎開者の方々は船と運命を共にした。

心から亡くなった方々の冥福を祈らずにはいられなかった。できるだけのことはした――珍吉に悔いはなかった。

救出者を第一千早丸に運び、何度も往復した。見里兄弟や伊礼がその任を担い、懸命の救助が展開された。その間、珍吉は船団長の要請を受け、故障した機関の修理に取りかかった。

これが成功しなければ、全員が死ぬ。課せられた「責任」は計り知れない。

だが、機関の損傷は想像以上だった。かなり機銃でやられている。苦戦は必至だった。

しかも、珍吉の疲労は極限に達していた。気力が身体を支えてはいたものの、疲労困憊《こんぱい》のまま作業をつづけても、修理を成功させることは難しかった。

機関整備員たちも疲労の色が濃い。

「申し訳ありませんが、三時間ほど寝かせてもらえませんでしょうか」

珍吉は船団長にそう頼み込んだ。

船団長は驚いた。作業は一刻を争うものだったからだ。

「敵機はまちがいなく明日も来る。がんばってほしい」

船団長はそう言った。しかし、空腹の上、気力も限界だった。しばらく考え込んだ船団長は、

「わかった。君にすべてを任す。思うようにやってくれ」

船団長は珍吉の力に「かけた」のである。珍吉は、やっと寝ることができた。機関整備員たちも寝かせてもらった。

船団長は、珍吉たちが食べるお粥《かゆ》を炊かせた。船団長自身は一睡もしていない。

珍吉が起こされたのは、日付が変わり、七月四日午前二時半頃のことである。目が覚めたら、そこにはお粥が用意されていた。

「これを食べて、がんばってほしい」

船団長はまったく眠っていない、充血した目でそう言った。

「わかりました。精一杯やります！」

若いということはおそろしいものである。たった三時間しか寝ていなくても、珍吉の身体には気力と体力が戻っていた。

食事が済み、機関整備員が一斉に修理に取りかかった。すべては初めからやり直しだった。

珍吉の『尖閣列島遭難記』には、こう書かれている。


〈パイプ類を曲げ直し、石油タンクをデッキに上げ、手押しポンプを押させた。それが成功して、バーナが勢いよく吹き始めた。しめた、もう機関の始動は間違いないと思った。ちょうど九時半頃エンジンは始動した〉


なんと、エンジンがふたたび動き始めたのだ。奇跡である。

珍吉はそのときの「うぉー」という声が忘れられない。過酷な状況にいる人々に、「これで、助かるかもしれない」

そんな微《かす》かな希望が生まれた瞬間だった。

だが、過酷な運命は、その後も彼らにつきまとった。

# 第四章「あそこに行けば真水がある」

## 決定的な言葉

船団長の喜びは大きかった。

(助かるかもしれん……)

第一千早丸は、昨日の米軍機の再攻撃を恐れていた。「必ず敵機は戻ってくる」と船団長は確信していたのだ。

(ここから離れなければ……)

その思いは、珍吉たちも同じだ。エンジンが停まってから、船は相当、流されている。銃撃地点から、東へ何キロも離れているはずだ。

それでも奴らは追ってくる、と船団長が考えていたことを皆が理解していた。

エンジンが動き出したといっても、「かろうじて」動いたということに過ぎない。この大海原でどちらに向かうのか。

第一千早丸の中は、独特の雰囲気になっていた。簡単にいえば、軍も、疎開者も「なくなっていた」のである。

自分たちを守ることができなかった軍に対する特別の感情もあっただろう。また、家族や友人が死んだことへの極限の哀しみと怒りもあっただろう。

その意味で「これからどうするのか」ということについて、疎開者たちも次々と口を開いたのである。

「どうするんですか」

「石垣島まで帰るんですか」

それぞれが思ったことを口に出していた。

そのときである。ひとりの中年の男が口を開いた。

「魚釣島には〝真水〟がある。あそこまで行けば、なんとかなる」

迫力ある声だった。船団長も含め、一斉に彼の顔を見た。

伊良皆髙辰《いらみなこうしん》だった。

明治二十五年生まれの伊良皆は、このとき五十三歳。長女と共に台湾に疎開するため船に乗り込んでいた。

米軍機が戻ってきたら、今度こそ、命はない。いつまた動かなくなるかもしれないエンジンで、どこまで辿りつけるかわからない。

しかし、伊良皆は、位置関係から言って「尖閣諸島」がここから最も近く、しかも、その中心の魚釣島には、人間が生きるための「真水がある」というのである。

聞けば、伊良皆は、そこにあった「古賀村」に何度も出向いて仕事をした経験があるというのだ。

「あそこにさえ行けば真水があり、助かるかもしれません」

伊良皆は、もう一度、全員に同意を求めるかのようにそう言った。

反対する人間など、いるはずがなかった。

生き残った百人を超える疎開者が第一千早丸にはひしめいている。ケガを負っている人も多い。猶予はならなかった。

とにかく陸地に上がることが第一だった。敵機が来る前に陸地に上がり、身を隠さなければならない。それができなければ、死ぬだけである。

しかし、行きついた先に「真水」がなければ、これほどの大人数が「生き抜くこと」は不可能だ。一番大切なのは、なにより飲み水なのである。

海の男にとって、「真水」は何にも代えがたい。その意味で、かつて魚釣島で暮らしたこともある伊良皆の言葉は、貴重だった。

「尖閣に向かう！」

船団長のひと言は、疎開者たちに勇気を与えた。

人々の「命の希望」を乗せた第一千早丸は、一路、尖閣列島を目指した。再び故障が起これば、そのときはそのときだ。とにかく一刻も早く尖閣へ。

第一千早丸は、修理を経たエンジンを〝騙しながら〟懸命に走った。

## 魚釣島への上陸

米軍の機銃掃射による「遭難ポイント」は、魚釣島より南西だったはずである。だが、珍吉たちの奮闘でエンジンが動き出したとき、船は想像以上に流されていた。

魚釣島から東に百キロほど離れた「大正島」（別名・赤尾嶼《せきびしょ》）の南方まで漂流していた、という証言があるほどだ。

魚釣島までおよそ百キロあるのなら、修理したエンジンを十五ノットのスピードで走らせても四時間近くかかる。

やがて前方に島影が二つ、後方に一つ、計三つの島が見えてきた。

手前の南側の島は、北側に切り立った崖と、南側には開けた平地がある。その北側にある島は、大きな岩のような突起物が二つ、そして丘を形成しているように見える岩から成っていた。

「島が見えるよ！」

「たしかに見える。あれは尖閣だ」

疎開者からそんな声が上がった。

しかし、その声を制するように伊良皆がふたたび口を開いた。

「あれは尖閣の南小島と北小島です。あそこには、水もなければ草木もない。あんなところに上陸したら、誰も助かりません。真水があるのは、奥にある魚釣島です」

命がつながったと思い、有頂天になっている場合ではない。どの島に上陸するかで生と死が決まることを人々はあらためて思った。

北小島を通過するとき、兵隊が三人、船に向かって手を振るのが見えた。

「誰か手を振っている！　日本の兵隊さんだ！」

無人島で手を振る日本兵。どこかで船を撃沈され、ここに漂流してきたのだろうか。

だが、一刻を争う第一千早丸にそのことを確かめる術も、彼らを助ける余裕もなかった。第一、船を近づけ、停泊できる埠頭もないのである。不用意に近づけば、船は木っ端みじんだ。

こちらに手を振る兵隊たちを横目に第一千早丸は、魚釣島を目指した。北小島・南小島と魚釣島との距離は、およそ五キロ。もう目と鼻の先だ。

「魚釣島には、船着場があります。波は高くても、そこへ船をつけることは難しくありません」

伊良皆はそう告げた。今は、伊良皆の言うことを信じるしかない。

とにかく「あそこには真水がある」という伊良皆のひと言でここまで来ているのである。仮に、その真水が枯《か》れていたら、これだけの大人数が生きていく可能性はほとんどないのだ。

いま、敵機が現われたら終わりだ。船団長も気が気ではなかった。

だんだん魚釣島が近づいてきた。海流がかなり速い。

近づくにつれ、島の大きさがわかってきた。二つの頂きを持つ山が魚釣島をつくり上げていることがわかった、島の西側の一角にわずかに平地があるが、ほとんどその大きな山に占められた独特の島である。

時刻は午後四時をまわっていた。

昭和二十年七月四日。航海が無事だったら、ほぼ一日前には、台湾の基隆港に着いていた時間帯である。

第一千早丸は、ついに灼熱の魚釣島に辿りついた。

伊良皆が説明したように、そこにはかつて使われていた船着場があった。これは、魚釣島に存在した「古賀村」のためにできたものである。

この島と真水を開拓した古賀辰四郎については、第六章で詳述する。古賀の物語は、それ自体が尖閣の日本の領有権を揺るぎなく差し示すものである。

伊良皆の話は、すべて具体的だった。自身が住んだこともあり、また、魚釣島との物資輸送もおこなっていたというから詳しいのは当然だろう。

鰹漁場のために造った船着場も無事、健在だったのである。

疎開者たちはこうして魚釣島に上陸した。

## 重要人物の登場

金城珍吉の『尖閣列島遭難記』には、伊良皆についてこう記されている。エンジンが動き出してから、いつ米軍機が現われるか、このことも気にしていたようすがわかる。

〈船は敵機が来ぬうちにと全速力で走った。

みんなは一時も早く島につけ、上陸したい気持ちでいっぱい、最初寄せたのが北小島である。みんなはその島に我先に上陸しようとした。

珍しいことには、その島で三人の兵隊が手を振っていた、その兵隊らは自分らを助けにきたことと思っておったらしい。

疎開者の中で、伊良皆さんといわれる方が無人島に詳しく、その島には水もなければ、草木さえもないとのことで、みんなはこの島では生活できないことが分かり、魚釣島に向け全速力で走る。

幸い、その日は敵機にあわず、午後四時頃魚釣島北岸、古賀辰四郎氏が鰹漁場のために造った船着場に着いた。みんな上陸し、やっと生きた心地になった。遭難死亡者の死体は、一同協力して陸上に移し、石を積み重ねて形ばかりの墓を造って葬った〉

珍吉は〈伊良皆さん〉という〈無人島に詳しい〉人のことを記し、〈魚釣島に向け全速力で〉向かったことを記録している。ちなみにここで書かれている助けを求めて手を振っていた〈三人の兵隊〉は、一旦、全員が魚釣島に上陸してから改めて救出し、魚釣島で合流している。

先の内間グジも、米軍の機銃掃射から魚釣島上陸までのことを記述している。簡潔な描写だが、凄惨なようすと、生存者がいかに運がよかったのか、十分に伝わってくる。

〈一心丸と友福丸は西表の白浜港を夜出発し、一路台湾に向けて順調に航海を続けていました。ところが翌日の昼間のことでした。突然、敵の飛行機が上空に現われ、私たちの船は機銃掃射の空襲を受けました。

私たちは、船の前方にあるダンブル（氷や道具を入れるところ）で、あまりの恐ろしさに震えながら身を隠していました。敵機の攻撃は何回となく繰り返し続き、私たちのすぐ近くにも弾が何発か当ったようです。

その時、隣にいた朝鮮人の女の人が手を撃たれ「痛いよー、痛いよー」「水をちょうだい、水を飲ませて」と泣き叫んでいました。

私は二人の子供を守ることが精一杯で、どうすることもできず、ただ心のなかで「ウンメーカッティーウートートゥ」（神様、わたしたちをお護り下さい）と祈るのみでした。

しばらくして敵機は去りました。敵機の機銃掃射により多くの人が負傷し、あるいは死亡しましたが、船はエンジンがやられただけで無事でした。

私の隣で手を撃たれた朝鮮の女の人も大事にはいたらなかったようでした。一方、一心丸は火災で沈没し、海の上では助けを求める人や、すでに事切れて浮き沈みしている遺体がいっぱいで、無残なありさまでした。

もし、西表で船を乗り換えていなければ、私たちもあのようになったかと思うと、今でも背筋が凍《こお》る思いがします。

エンジンがやられた友福丸は、二日ほど漂流しました（※筆者注＝漂流時間は「十五時間」ほど）。機関士や船に詳しい人たちの懸命な努力で、エンジンの故障もなおり、航海を続けると、やがて無人島（鳥島）が見えてきました。

最初この島に立ち寄ることになっていましたが、疎開者の中に島に詳しい人がいて、この島は水もないからたいへんだということで、戦前、鰹工場のあった魚釣島へ着くことになりました〉

伊良皆の名前こそ書かれていないが、〈疎開者の中に島に詳しい人〉がいて、水のある魚釣島へ行くことになったことが記されている。

尖閣戦時遭難事件で、伊良皆がいかに重要な役割を果たしたかがわかる。

しかし、伊良皆自身は、尖閣からの「生還」を果たしていない。

このとき伊良皆は、十七歳の長女・安子と共に、台湾への疎開船に乗っていた。

この年代のほかの女性がそうであったように、安子は看護婦として国家の役に立つべく、石垣の「南島病院」で看護婦として働いていた。

男子は兵役に、女子は看護婦に、というのは、当時の若い人の基本である。女性の存在は大きかった。いざ戦争という時に「銃後」と「治療の最前線」を守るために看護の人材は必要不可欠だった。

沖縄本島の「ひめゆり部隊」の悲劇はあまりに有名だが、若き女性たちの覚悟もまた、この時代特有のものだっただろう。

伊良皆のほかの家族は、前年から台湾に疎開しており、父親の髙辰と長女の安子だけが石垣島にとどまっていたのである。しかし、「最後の疎開船」ということで父娘は、ついにこれに乗船した経緯がある。

その決断は、悲惨な結末をもたらした。

安子は、機銃掃射で行方不明になり、父・髙辰も、皆を魚釣島に導くという最大の貢献を果たしたあと、魚釣島で命を落とした。

なぜ伊良皆髙辰は、死んだのか。それは「謎」として残っていた。そのことは、第十一章に譲りたい。

# 第五章　飢餓の島

## 始まった上陸生活

やっとのことで魚釣島西部の海岸から疎開者たちは上陸を果たした。といっても、もともとこの島に上陸できる場所は、かつて古賀辰四郎が開拓した「古賀村」の船着場しかない。船着場と言っても、サンゴ礁を切り開き、船が入り込めるようにしただけの「水路」のようなものである。

古賀が開拓した際は、ダイナマイトを使って硬い珊瑚礁を爆破し、水路の長さは百メートル近く、出入口の広さも三十メートルほどあった。

だが、使われなくなってからは、台風や豪雨など厳しい自然にさらされ、往時の姿は想像すべくもなかった。

それでも、このサンゴ礁の中にある〝切りこみ埠頭〟は、およそ百五十トンの第一千早丸には十分すぎるものだった。

（これで助かる……）

疎開者たちはエンジンが停まるのを待ちかねたように魚釣島に足を踏み入れた。

サンゴ礁とゴツゴツした岩場が続き、まともな砂場もほとんどなかったが、生きて大地を踏めること自体がこのうえない喜びだった。

（ここに古賀村があったのか……）

往時の賑《にぎ》わいを想像することはとてもできなかったが、船着場からすぐに古賀村の跡地があった。

古賀村は、厳しい風雨にさらされて建物こそ朽《く》ちていたものの、そのエリアだけは平らな土地があった。

（ここなら大丈夫だ……）

乗組員も、軍の人間も、疎開者たちも、それぞれの命が繋がれ、陸地に立っている喜びに浸っていた。

だが、船からは、自力で下りられるものもいたが、ケガの具合がひどく、手を貸してもらわなければ無理なもの、さらには、こと切れて物いわぬ骸《むくろ》……それぞれが無言のまま下ろされていった。

なかには、途中で、ハッと意識が戻る者もいた。奇跡的に家族にケガ人がいない幸運な家族もいた。

内間家は八人もいたのに、誰も「銃創《じゅうそう》を負わない」という幸運に恵まれていたのである。

問題は伊良皆が「あそこには真水がある」と唱え、ここに向かうことになったその肝心の「水」だ。

幸いに古賀村のあちこちに「水汲《く》み場」が残っていた。

人が住んでいた頃ほどの水量はなかったが、たしかに「真水」は存在した。

尖閣諸島文献資料編纂会がまとめた『尖閣研究叢書　尖閣諸島盛衰記　なぜ突如、古賀村は消え失せた？』という貴重な文献がある。

そこには、古賀辰四郎が水をいかに重視したかが、こう記されている。

〈水の確保は、良質な水が手に入り、移住者が安心して暮らせる衛生的居住環境を維持するための必須要件である。古賀はこれに意を注《そそ》ぎ、山から水を引き入れ、各所に水汲み場、水タンクを設置した。

事業所建物配置図に記されているだけでも、水タンクは9個もある。

のちに琉大調査団によって、この水は酸性度の少ない魚釣島一番の良質の水であることが分かった。古賀村は良質の水豊かな開拓本拠地であった〉

開拓者・古賀辰四郎は、水の確保を最優先として、山から水を引き入れ、「水汲み場」や「水タンク」を真っ先につくったのである。

古賀村がなくなって、すでに二十年近くが経過しており、水量こそ往時のままとはいかないが、それでも、古賀が開拓した「真水」は健在で、飲み水の確保という意味では問題はなかったのである。

古賀辰四郎が尖閣戦時遭難事件の疎開者たちを救った——というのは、この意味であり、より詳しくいえば、その真水の存在を知る伊良皆髙辰が、多くの人を救ったことになる。

やがて「みなさん、集合してください」という声が発せられた。

こういう事態では、やはり軍の人間が指揮を執《と》る。

「みなさん、それぞれの食糧を出し合ってください。真水はこの奥にあるようですが、食糧はとりあえず、共同炊事をおこなわなければなりません」

そう言われ、それぞれが手持ちの食糧を供出《きょうしゅつ》しあったのである。

疎開先の台湾で待つ家族や、親戚用に、食糧はそれぞれが持てるかぎり持ってきていた。第五千早丸から移ってきた人たちは、もちろん着の身着のままで海に浮いていたため、それらは、第五千早丸と共に海の底に消えている。

拠出された食糧品で、それなりの量が集まった。

「みなさん、これから食事の用意をします。それぞれは、家族ごと個人ごとに寝る場所を確保して下さい」

軍からは、そういう話があった。

生き残った子供たちがいる家族はさっそく動き出した。

「あっち見てくる」

「ぼくはこっち！」

それぞれが砂場の少ない、ごつごつした魚釣島で少しでも身体を横たえられる場所を求めて四方に散ったのである。

人々は、灼熱の太陽と、雨と風をしのぐためにクバの葉を利用して即席の屋根をつくった。

沖縄でクバと呼ばれるのは、本州ではビロウという名で知られる常緑の高木である。見た目はヤシの木に似ていて、葉の先は小さく裂けている。これが上から垂れさがってくるのが特徴だ。アジアでは亜熱帯地方の海岸部には必ず自生しており、誰しも一度や二度は目にしたことがあるだろう。沖縄では、街路樹などにも一般的に使われている。

古賀村があったあたりの海側には、モンパノキという木も生えていた。

奄美より南の地域の海岸や砂浜に自生しているこれまた常緑の木である。クバと違うのは、高さがないことだ。枝が周囲に広がる形になっており、八重山の人たちはこれを「スビ木」と呼んだ。

人々は、低木で周囲に広がるこのスビ木を利用することにした。その枝にクバの葉をどんどん被せていったのである。

クバの葉を採ってきて重ねれば、たちまち雨よけの〝屋根〟ができていった。その木の下で肩を寄せ合えば、台風でも来ないかぎり、少々の雨なら大丈夫だろう。もちろん、陽よけにもなった。

こうして、上陸してまだ一、二時間のうちに、あちこちに家族や集団ごとの簡易の〝住まい〟ができ上がっていた。

「助かった」という喜びは表現しようのないものだった。

誰もが自らの「生存」を信じていた。

しかし、「本当の地獄」が始まるのは、実は「これから」だったのである。

## 忘れられない最初の食事

それぞれが自分たちの居場所を確保し始めた頃、やっと最初の食事ができ上がった。軍の手になるものである。

生存者の多くが、この〝最初の食事〟を記憶している。

軍が使っていたドラム缶が半分に切られ、これが即席の「鍋《なべ》」となった。これを下から薪《たきぎ》で燃やして、煮《に》立てたのである。

最初のうちは、まだマッチがあったため、火をおこすのに造作《ぞうさ》はなかった。供出された米の一部をここに放り込んだ。そして周辺に生えている野草も入れ、塩気のある海の水をそのままドラム缶にぶち込んだのである。

もちろん味付けも何もない。あえて言えば、海水を使っているので「塩味」ということになるだろうか。

沖縄では、雑炊《ぞうすい》のことを「ズーシ」と呼ぶから、一種のズーシだったことは間違いない。缶詰の空き缶だったり、軍で使う食器の一部だったり、さまざまな〝容器〟に入れられた「ズーシ」がふるまわれた。

だが、とても食べられるものではなかったことを多くの人が記憶している。しかし、贅沢《ぜいたく》は言っていられない。生命を維持するためには、食べなければならなかったのだ。

誰もが空腹だった。

身体を横たえたまま、動けない人間には家族が、あるいはゆかりの者が食べさせた。だが、誰の口からも「おいしい」という言葉が出ることはなかった。

ズーシを食べながら、疎開者たちに暗澹たる思いが湧きあがってきた。

（このままで、どうなるんだ……）

不安はその一点に尽きていた。

誰か助けはくるのか。

私たちがここにいることを誰か知っているのか。

そもそも、今後の食糧はどうなるのか。

……さまざまな不安が、抑えても、抑えても、湧き上がってきたのである。

花木写真館の女主人・花木芳は五人の子供を抱えている。小さな子供たちの心配はもちろんだが、長女・敏子が左肩の鎖骨の外側を機銃掃射の破片でやられ、重傷を負っている。

やっとのことで「止血」はできたが、本人は魚釣島に来るまでほとんど口を開かず、目を瞑《つむ》ったままだった。ひょっとしたら、なんらかの形の「死」を予期していたのかもしれない。

たしかに米軍機が舞い戻ってきても自分たちが生きる可能性は少ないし、このまま航行しても、生存できる可能性は少ないのではないか。そう思ったのは、当然だろう。

芳は敏子のことが哀れでならなかった。

というのも、敏子は赤ん坊のときにハイハイをしていて土間に落ち、股関節《こかんせつ》脱臼になった。そのために走れないし、明らかに足を引きずっており、本人がそのことを「苦にしていた」のである。

写真館の仕事が忙しく、今でいうベビーシッターをつけていたのに、そんなことがあったのを母親である芳は自分を責めていた。

すべては自分の責任であると、常に芳は思っていたのである。

その敏子が、今度は米軍機の機銃掃射によって、重傷を負ってしまったのだ。

（なんて子なの……）

敏子の持ってうまれた「星」が、芳は可哀想でならなかったのだ。

芳は、クバの葉の〝屋根〟の下に寝床ができると真っ先に敏子を横にして、安静にさせた。

（なんとしても、私が治してみせる）

芳はそう誓った。

芳は魚釣島で始まった生活について、『市民の戦時戦後体験記録　第二集』（石垣市市史編集室）に寄せた手記にこう書いている。

〈この島は、昔、古賀の鰹屋があった所といって、機械船三隻位《くらい》はゆうゆう入れる桟橋があった。だから荷物も全部降ろすことができた。

疎開生活のための一通りの荷物はあった。鰹屋の跡も屋根は朽ちていたが残っていて、その辺りは平らなきれいな土地だった。

くばがたくさん生えていたので、その葉を取ってきて、海端の砂地にたっているスビ木の枝にかけて陽よけや雨よけにした。

最初の頃は、兵隊たちが、みんなの持っている米を全部出させて共同の食事を作らせた。

一升の米に対して、そこら辺にある野草をドラム缶に入れ、海の水で味付けて煮たひどい食べものだった。

その頃、四、五十人位の人がいた。兵隊たちはその雑炊のような食べ物を缶詰の空缶で作ったフダル（柄杓《えしゃく》）で一人何杯といって配った。

そして自分たちは、私たちの群れから少し離れた所で、白いご飯やイカや魚なども煮て食べていることもあった。

子どもたちが、「あのおじさんたちは白いご飯も魚も食べているよ」とよく言ってうらやましくしていた〉

人々の手記には、軍への恨み節がところどころ出てくる。そして、芳が手記に残したように、食べ物は日に日に逼迫していった。

米軍機の機銃掃射から生き残った人々は、こうして第二の「悲劇」を生んでいくのである。

## 第一千早丸の最期

このままいけば、食糧が尽き、悲惨な事態に陥ることは火を見るより明らかだった。だが、米軍機の機銃掃射によって第一千早丸の無線は完全に破壊されていた。連絡手段は全くない。

自分たちが生存していることを石垣島にどう伝えるか。

このままここにいても、たとえ水はあっても、待っているのは「餓死」だけである。

これだけの人数を養う食糧は魚釣島には存在しない。一週間、いや二週間で全てを食べ尽くすだろう。

軍の結論は石垣島に「第一千早丸を出す」ことだった。助けを呼ぶために第一千早丸を出航させるというのである。

無謀だ。珍吉はその話し合いが行われているとき、「とても無理だ」と思った。

魚釣島まで第一千早丸が辿りついたこと自体が奇跡なのだ。ここから石垣島までは、およそ百七十キロある。

とりあえずエンジンを応急修理できたものの、完全に復活したわけではない。一日、いや、数時間さえ動かすのは難しいと珍吉は思った。

二十六歳とはいえ、珍吉には腕っこきの機関士として、東シナ海、南シナ海を股にかけた誇りと自信がある。

その自分が「無理である」と判断しているのである。

しかし、軍の結論は「石垣島に向かう」だった。「座して死を待つわけにはいかない」という軍人らしい決断というほかなかった。

「ここで朽ち果てるわけにはいかない」というのは、船団長以下、共通した思いだった。敵と戦うことが軍人の本分であり、可能性が少しでもあれば、挑戦するのは当然だったのだ。

イチかバチかの軍人の敢闘精神に、珍吉が余計な口を出すことなどできなかった。

上陸から五日後の昭和二十年七月九日、第一千早丸は魚釣島の船着場から石垣島に向かって出航した。誰もが祈るような気持ちだった。

珍吉の『尖閣列島遭難記』には、このときの記述は少ない。おそらく珍吉自身が、この無謀な出航に忸怩《じくじ》たる思いだったからだろう。

〈魚釣島に来て数日後、七月九日の午後七時頃、第一千早丸で石垣島に連絡を取るつもりで機関を始動して、沖に船を出したが、激しい海流の中でエンジンが止まり、どうにもならず、乗組員はみんな小伝馬に乗り移り船を解き放した。

同船はボーリングしてじきの機関であり、ボーチョウすると冷えるまで時間がかかり、海流のことを考え、やむを得ない処置であった。

午後九時頃船を解き放して乗組員七名は小伝馬で自分らが出た魚釣島に向かって漕いだ。七月十日の午後四時頃、やっとの思いでたどり着いた〉

第一千早丸は、珍吉が予想した数時間さえ、もたなかった。わずか二時間で、プスンプスンと音をたて、エンジン音は完全に消失したのである。

そもそも米軍の機銃掃射を受けて、あちこちに損傷を受けて停まっていたエンジンだ。もはや、〝悲鳴〟すら上げられないまま、第一千早丸の機関は完全停止したのである。

「修理は可能か」と問われた珍吉は、「無理です」と、きっぱり答えている。

第一千早丸は、魚釣島に引き返すことも不可能だった。

放っておけば、このまま漂流していく。自分たちの命も危うかった。魚釣島に帰るには、第一千早丸を放棄して、装備している小伝馬船を必死で漕ぐしかない。

第一千早丸の放棄は、こうして決まった。考えてみれば、このことは幸運だったかもしれない。珍吉が予想したように、もし、エンジンが数時間もっていれば、もはや東シナ海の荒波の中、小伝馬船で魚釣島に辿りつくのは難しかっただろう。

エンジンを騙しながら二時間だけ走ったところで動かなくなった第一千早丸。島に戻れるぎりぎりのところで故障したのは、どれほど幸運なことだったか。

尖閣列島付近の東シナ海は、特に海流がきつい。

漕いでもなかなか前に進まない。しかし、〝剛《ごう》のもの〟たちだけに、小舟で漕ぎ始めて十九時間後、彼らはやっと魚釣島に帰還することができたのである。

救出部隊は失敗——疲れ切った珍吉たちの顔を見て、疎開者たちは衝撃を受けた。

希望は断たれた。自分たちの命を救った第一千早丸をもってしても、石垣島は「遠かった」のである。

しかも、その第一千早丸も、もはや存在しなかった。とてつもない絶望が疎開者たちを襲った。

（どうするんだろう）

（もう、助かる手段はないのではないか）

そう考えるのはあたりまえである。

珍吉たちに感謝の念を抱きながらも、複雑な表情で第一千早丸「放棄」の事実を聞いた疎開者たちの思いは、想像に余りある。

## 襲いかかる飢餓

命からがら魚釣島に辿りついた疎開者たち。しかし、それからは、日を追うごとに避難生活は悲惨なものになっていった。

人の口に入るものを魚釣島で探すことは難しかった。

花木写真館の花木芳は子供たち五人に食べさせるために、さまざまな場所で食べられるものを探した。

海岸では、海藻類《かいそう》を見つけようとした。石垣島では、探す気になればすぐ目につく海藻の「アーサ」と呼ばれるものを探したのだ。しかし、それは魚釣島には、まったくなかった。

（ない。どこにもない……）

波の荒い魚釣島では、海藻すら生きていけないのか――芳はそう思った。

石垣島では、「チンボーラー」と呼ばれる食用にできる貝の一種もよく穫れたものである。

しかし、芳がいくら目を凝らしても、これも、まったくなかった。

明治の女で自然にも詳しい芳は、食することのできる野草もよく知っていた。

芳の手記には、「サフナ」や「ミズナ」、あるいは「フクナ」と呼ばれる野草を食べたことが記されている。

生存者の多くが述懐するのは、クバの芯である。

屋根にするために大量に使ったのはクバの葉だった。しかし、この常緑の高木は、土中から生えてくるときは、タケノコのように芯が柔らかく、まわりを皮が覆っているものだ。

これを煮れば、タケノコに近い味がして、十分に食糧となった。山に上がっても、クバはいろんなところに生えており、これを掘って食べたのである。

成木となっても、木の芯のやわらかい部分はやはり食べることができた。

芳は、重傷を負っている敏子の面倒を看《み》た。横になっている敏子の頭を自分の膝《ひざ》に置いて、どんな食べものでも、真っ先に口に入れたのである。

その甲斐あって、敏子の傷は徐々に塞がり、元気を取り戻していった。芳は、逆に下の子供たちの世話がおろそかになっていなかったか、のちに自問自答するようになる。

この母子にも、飢餓は容赦なく襲ってきた。

当初の共同炊事による食事に支障が出てきたのは、二週間ほど経った頃である。それぞれの家族やグループが供出するものは、すぐに尽きた。あとは、自活するしかなくなったのだ。

動けるものは、総出で口にできるものを探した。

八重山の人々が「長命草《ちょうめいぐさ》」と呼ぶ「せり科」の植物や、たまにゼンマイも見つかった。ヨモギの一種の「フーチバ」と呼ばれるものも食べた。

パイナップルに似た「アダン」という実は、見つかり次第、食べた。自分の〝家〟まで持って帰るのも、もどかしかった。

体力は限界に来ているはずなのに、子供たちの発揮したパワーは小さくなかった。子供にも、親を助けたいという気持ちはある。特に戦時中の子供たちは、その意識が強い。

山に上がっていったり、難所がたくさんあるにもかかわらず、海岸線をぐるりと一周した〝猛者《もさ》〟もいた。

その道程で蟹《かに》やヤドカリを獲ってきて、母親に喜ばれた者もいたのである。食べるためには、なんでもやった。

しかし、体力のない者から、徐々に衰弱していった。

弱いものから犠牲になっていくのが戦争であることは古今東西、いずれも変わらない。ケガを負った者、老人、そして年端もいかない子供たち……体力の劣る者は、過酷な飢餓の中で生き抜くことが難しかった。

魚釣島で最初に亡くなったのは、花木芳と行動を共にしていた老人だった。前述の芳の手記には、淡々としたこんな記述がある。

〈私の家は、鰹のオニブシを持っていたから、子どもたちはそれのある間はそれをかじってい
た。だから何とか石垣島に帰りつくまで体力は保てたと思う。
火は、初めはマッチもあったからつけられたけど、後は火種を大事に埋めておいて使っていた。洗濯も体も、海の水で洗っていたが、塩水だから昼間はもっとべっとりして気持ちが悪かった。
そのうちに食べものも無くなり、栄養失調になって動けなくなってからは、顔も体もよごれ放題、青ぶくれしてお腹も腫《は》れて、このまま死んで行くのではないかと思っていた。
島で一番初めに亡くなったのは、離れに住んでいたンミ（婆さん）だった。くばの葉の下に、手を組んで膝を抱いて座るようにしていらっしゃるので、「ご飯ですよう」と声をかけても聞きなさらないから「婆ちゃんを呼んでおいで」と子どもをよこしたら、「あのばあさん、死んでいるよ」と子どもにいわれて初めて知った。
石堂のおじさんや西表シナゴーヤー（宮良家）のンミ（婆さん）などがつぎつぎと亡くなった。だけど、私は五人の子どものことだけで頭が一杯だった。他人のことなどかまっていられなかった〉
我慢強いお婆さんたちは、空腹を訴えるでもなく、苦しいと弱音を吐くでもなく、膝を抱いて座るように「こと切れていた」のである。

誰にも迷惑をかけまいとする当時の日本人らしい「死」だったかもしれない。

餓死者は日を追うごとに増えていった。

しかし、魚釣島には、平らなところに砂や土の部分が少なく、満足に穴を掘ることも難しかった。一所懸命、掘っても、身体がやっと隠れるぐらいの深さを掘るのが精一杯だったのだ。数十センチの墓穴を掘ることは、とても困難だった。掘る側も体力が尽き果てているのだから、無理はなかった。

人々は、そこに遺体を横たえて、ただ「祈る」しかなかったのである。

## 「内間家」のサバイバル

前出の内間グジ（旧姓・照喜名）は三十歳で、花木芳の十歳年下だ。手記には、子供たちが衰弱していくさまと、餓死者が出ている凄惨なようすがこう書かれている。

〈しかし、それらの食べ物は、大人はなんとか我慢して食べていたが、幼い子供にとってはとても食べられる物ではなかったようです。私の次女も島についてからは殆ど食べ物を口にしなくなり、日に日に痩《や》せ細り、このままでは死んでしまうのではないかと心配していました。

島では毎日、何人かが亡くなりました。火葬することもできず、海岸に穴を掘って埋葬するだけの簡単なものでした。そのうち日がたつにつれて、穴を掘る元気もなくなり、岩陰で風葬したと聞いています。

食糧も底をつき、毎日毎日人が亡くなるので、このままではせっかくここまで生き延びてきた人々も全滅するのではないかと思いました〉

このままではせっかくここまで生き延びてきた人々も全滅するのではないか——絶望のなかで過ごす人々の思いが淡々と描写されている。

グジの長女、当時国民学校四年のサエは、のちに結婚して佐久本《さくもと》姓となり、今も那覇市内で健在である。

私は令和四年十一月、八十八歳を迎えた佐久本サエを訪ね、当時の記憶を辿ってもらうことができた。

「食べるもので覚えているのは、長命草というものですね。それからニガナとか……クバの芯も食べましたよ。もう食べるものがないから。やっぱり、なんでも美味しく食べたんじゃないかしら……。

うちは鰹工場をしていたので、たぶん鰹節はちょっと持っていたので、それも齧《かじ》っていた気がします。従兄《いとこ》たちとも一緒に行っていますから、一番上の従兄が、どこかで豆を採って、それをひとりで食べておなかを壊したりしていました。私は食べてないんです。自分で採って、自分だけ食べているんですよ。だから、従兄がひとりだけお腹を壊したんです。

尖閣に着いてから、みんな食べ物を没収されて、最初は共同調理みたいにやっていました。そのときは、ご飯もありましたね。どれぐらいの期間だったか覚えていませんが、すぐになくなったんだと思います。ご飯を食べるときは、自分のところに戻ってきて食べていましたね。桑の葉っぱで、お椀《わん》みたいにして食べました……」

前述のように、軍の幹部の宿舎ともなり、鰹節工場にも兵士を寝泊まりさせていた当時の内間家は、その商品である鰹節を結構な量、持ってきていた。

軍の要請にもかかわらず、内間家は子供たちのためにその鰹節を隠していた。子供たちを守ろうとする母・グジの機転で、空腹を耐えることができたのである。

サエは、すぐ自分たちの前にいた「おじさん」のことを、今も鮮明に記憶している。サバイバル戦になれば、食糧を確保できる人間が「生き残る」ということをサエはこのおじさんの存在を通じて知った。

「そのおじさんは、全然、知らない人ですが、たまたま向かい側にいました。ひとりだったので、家族はいなかったと思います。おじさんは釣りができました。自分で魚を釣ってきていたのを何度も見ましたよ。こちらはそんなことはできないので、(魚釣島で)お魚を食べたりした記憶はありません。でも、おじさんは、自分で釣ってきて、食べていましたね。私は、そのようすを見ていました」

代わりに、サエは鰹節を齧っていたわけである。サエの記憶では、塩については、不自由しことはないようだ。

「〝小屋〟の前はもう岩だらけで、すぐ海なんです。お天気の時に岩のほうに行ったら、天然の塩ができているんです。それを採った記憶もあります。きっと、その塩を舐めたりしたんでしょうね」

塩が不足した上に、飢餓状態になれば、人間は生命を維持することはできない。塩には体内の水分量を調整し、細胞と体液の間の圧力を調整する働きがあると言われる。

魚釣島で塩が十分に採れたことは、不幸中の幸いだったといえるだろう。体力が落ちても、塩と鰹節で内間家は「命をつないだ」のである。

「母のおかげです。母が父と死別したのは、母が二十四歳のときなんです。その歳から、母は独身ですからね。父が亡くなったのは、私が四歳の時なんですよ。

やっぱり、たくましいんでしょうね。母は、辛抱強くて、とっても、たくましいんです。母は八十八歳を過ぎてから亡くなりました。米寿のお祝いをしてから、亡くなったんですよ」

サエも妹も、絶対に挫けぬ母・グジがいてこそ、魚釣島から帰還できたのである。

# 第六章　尖閣はなぜ日本の領土なのか

## 突如始まった尖閣領有権の主張

尖閣列島はなぜ日本の領土なのか。

あらためて聞かれると、戸惑《とまど》う人も少なくあるまい。今では、中国の公船が尖閣海域に連日、繰り出し、「核心的利益」として世界に喧伝《けんでん》し、インターネット上に『中国釣魚島博物館』まで開設している。

だが中国は、一九七〇年前後まで尖閣を「中国領土」と主張することはなかった。

そもそも一九五一（昭和二十六）年九月八日、サンフランシスコ平和条約締結により、日本は再独立。沖縄はアメリカの施政権下に置かれていたが、そこに「尖閣諸島が含まれている」ことに対して、中国はなんら「異議」を唱えていない。

それどころか二年後の一九五三年一月八日の中国共産党機関紙『人民日報』は〈琉球諸島に

おける人々の米国占領反対の戦い〉との記事の中でこう書いている。

〈琉球群島は、我が台湾の北東部と日本の九州南西部の間の海上に点在する尖閣諸島、先島《さきしま》諸島、大東《だいとう》諸島、沖縄諸島、大島列島、吐噶《とか》喇《ら》列島、大隅諸島の七つの島々からなる〉


（※原文）

琉球群島散布在我國台灣東北和日本九洲島西南之間的海面上，包括尖閣諸島、先島諸島、大東諸島、沖繩諸島、大島諸島、土噶喇諸島、大隅諸島等七組島嶼

共産党機関紙の『人民日報』がはっきりと尖閣諸島が「琉球群島の一部」であることを記しており、中国による尖閣の領有権主張など、そもそも「あり得ないこと」だったことがわかる。

その後、一九五八年に中国の地図出版社が出版した地図集にも、尖閣諸島は〈尖閣群島〉と明記されており、アメリカ施政下における「沖縄の一部」として、はっきり取り扱われていた。

米軍は一九五〇年代から尖閣諸島の大正島と久場島を「射爆訓練場」として利用した。しかし、中国側がそのことについて異議を唱えたことも、まったく「なかった」のだ。

つまり、中国は、尖閣を自国の領土などと全く「認識していなかった」のである。

だが、すべてを一変させる出来事が起こった。

一九六八年に行われた国連機関による海洋調査である。この年、十月から十一月にかけて国連アジア極東経済委員会（ＥＣＡＦＥ）は、東シナ海の尖閣を含む海域への学術調査をおこなった。米海軍の艦艇も用いたこの調査での報告書が翌一九六九年五月に公表された。

同委員会は、このなかで「東シナ海に石油埋蔵の可能性がある」との発表をおこなったのである。

中国政府は、調査結果を受けて、にわかに尖閣諸島の領有を主張し始めるのだ。

「当該諸島は、古くから中国の領土である」

そんな主張をスタートさせた中国共産党は、

「古文書や地図に尖閣諸島の記述がある」

「発見は中国が先である」

などと言い始めた。それまで一切、主張してこなかったことである。

なかでも明や清の古地図にも、「釣魚島の記載がある」との主張に日本側は驚くことになる。

だが、なんのことはない、「漁民たちの目印にされている」ということを以《も》って「尖閣は古来より中国の領土」と主張しているに過ぎなかった。

たとえば、一四〇三年に著《あら》わされたと中国が主張する明代の航海書『順風相送《じゅんぷうそうそう》』には、海上航路と島嶼《とうしょ》が記載されている。そこに「釣魚嶼」や「赤坎嶼《せきかん》」などの文字がある。釣魚嶼とは現在の魚釣島のことであり、赤坎嶼は大正島のことだ。

だが、尖閣列島は、古来、多くの漁師たちの目印になってきた島々である。海図にこれがなければ目印にもならないため、記載されているのは、むしろ「当然」なのである。

島の名前を書いてあるから「古くから中国の領土だった」という主張には何の意味もない。加えてその航路は一般的な航路とは異なる琉球人独自の北方航路であり、琉球側の記録や水先案内に依存しているのは明らかであり、これが中国の領土である証拠には、全くなり得ないのである。

日本政府の内閣官房「領土・主権対策企画調整室」のホームページでは、中国政府の「釣魚島は中国固有の領土である」と主張する根拠を以下の三点にまとめている。

(一) 中国が最も早く釣魚島を発見し、命名し、利用した。
(二) 中国は釣魚島を長期的に管轄してきた。
(三) 中外の地図が釣魚島は中国に属することを表示している。

中国は、十五世紀から十八世紀の中国の文献に尖閣諸島の中国名の島名が記されており、尖閣諸島を「発見し、命名した」のは中国である、としているのである。

また、明や清朝による琉球王国への「冊封使《さくほうし》」(筆者注＝中国王朝の皇帝が従属国に爵号《しやくごう》を授けるために派遣する使節のこと)の記録に、琉球国に向かう途中に尖閣諸島を通り過ぎたとの記載があったことを理由に尖閣諸島を「利用した」と主張している。

数十年に一度、派遣される明・清朝の使節が尖閣諸島を航路指標としたことが事実なのか、まずこれが「不明」の上、仮に「利用した」としたなら、なぜそれが「領有権があった」ことになるのか理解できない。

いうまでもないが、国際法上、「領域権原《けんげん》」を取得するためには、「明確な領有の意思を持って、継続的かつ平和的に領域主権を行使していること」が要求される。その国の使節や漁師たちが「目印」にしていたとして、それが「領土」である根拠となるなら、国際社会の領有権は大混乱を来《き》たすことになる。

## 信憑性に疑問の「中国史料」

よく中国側が出してくる史料に、陳侃《ちんかん》の『使琉球録《しりゅうきゅうろく》』がある。陳侃は明の「冊封使」として琉球王国にやってきた浙江《せっこう》人である。この中の航路の記述に「釣魚嶼」という名があり、これによって、中国は明の時代にすでに釣魚島を見つけているとの根拠としている。

しかし、これを以って、中国の領土と主張するのは、先の明代の航海書『順風相送』と同様、あり得ない。

二〇一三年四月の『島嶼研究ジャーナル　第2巻2号』で石井望・長崎純心大学准教授は、陳侃が記述した「三喜」という言葉をもとに『使琉球録』をこう分析している。

〈忘れてならないのは陳侃の出航前の「三喜」である。一喜は琉球の朝貢船が入港し、琉球情報問合せが可能となったこと。二喜は琉球の接封船《せつぽうせん》が入港し、前導をしてくれること。三喜は琉球が1名の針路役および30名の水夫を派遣して同船協力し、渡航可能となったことである。陳侃はもともと未知の航路を心配して不安だったが、琉球人の同航で渡海可能となったのでこの三大喜に至ったのである。彼が琉球人の助力の下に記録した釣魚嶼は、誰が最も早く見つけたのか。琉球人が早くから見つけ、漢文で命名したものと推測せざるを得ず、陳侃は記録者に過ぎない。

釣魚嶼すらも知らなければ、針路役をできる筈もない。陳侃以下、釣魚列島を最も熟知するのは琉球人であったことを、歴代の使録《しろく》（遣使記録）は示す〉

石井准教授はほかの史料も分析し、大海原を自在に行き来する当時の琉球人の案内によって、明代、あるいは清代の人々が「釣魚嶼」を記しただろうことを指摘するのである。

中国側の史料には、信憑性に疑問がつくものもある。

清朝最末期の皇后である西太后が関わったとされる『西太后《せいたい》詔書《ごうしようしよ》』もそうだ。中国の主張はこうである。

光緒《こうしよ》十九年（一八九三年）、清朝の大官である「盛宣懐《せいせんかい》」が魚釣島・黄尾嶼・赤尾嶼の三島へ薬草の海芙蓉《かいふよう》を採取に赴いた。

西太后にこれを進呈すると、見事な薬効があった。西太后は、

「この三島をその者に与える」

との詔書を盛宣懐に下された、というのである。

しかし、日本側からこの「詔書」の信憑性について疑問の声が上がった。

一八九三年といえば、後述するように古賀辰四郎が一八八四年に尖閣の調査をスタートさせてから「九年後」のことである。

この間、辰四郎は、尖閣に労働者を派遣し、海産物を採取し、すでに魚釣島にも小屋を建て、古賀商店の人間が石垣島や与那国島と魚釣島の間を行き来していた。

「そんなところに本当に盛宣懐なるものが島に上陸して薬草の採取をおこなったのか」

との疑問が呈されたのである。

しかも、同詔書では「盛宣懐」が〝太常寺正卿〟との役職で記されているものの、盛宣懐は光緒十九年当時、その役職には「就いていない」ことが専門家によって指摘された。つまり、「就いてもいない段階でこの職で記録したのは中国側の痛恨のミスではないか」との疑問が出たのである。

詔書に捺《お》されている西太后の玉璽《ぎょくじ》にも「これは西太后の玉璽とは異なる」との意見も呈されており、日本側は、この『西太后詔書』そのものに疑念を抱いている。

次々と出てくる史料への疑問、さらには、そもそも「領有根拠にならない主張」が中国側の特徴だ。

## 第一人者による検証

「これらの史料にいちいち反論する必要はないのです。そもそも尖閣は一八九五年に日本が領有を宣言するまで〝無主の地〟であり、明や清の史料でも、無主であったことが証明されています。それがすべてです」

そう語るのは、尖閣や竹島の領有に関する研究の第一人者、下條《しもじょう》正男・拓殖大学名誉教授である。

「中国は、最初から事実誤認をしています。それは、尖閣諸島を〝中国固有の領土〟と表記していることです。固有の領土とは、そこを領有する直前の状態が、〝無主の地〟だったときに限って使用できます。中国政府が最初に尖閣諸島の領有権を主張したのは一九七一年十二月三十日です。これは日本が尖閣諸島を沖縄県の所轄とした一八九五年一月十四日から、およそ七十年後。日本がすでに実効支配している尖閣諸島に対して、それを中国固有の領土とすることは、そもそもできないのです」

下條は、これを前提にして、文献の見方について、こう解説する。

「あくまでも主張は『正史』を以って成されなければなりません。そもそも台湾は、中国側が主張するように明の領土ではなかったのです」

どういうことだろうか。

「明代に編纂された『大明一統志《だいみんいっとうし》』（巻八十九）というものがあります。そこでは、台湾、つまり、高華嶼と彭湖島《ほうことう》が〝琉球国に附属する島嶼〟とされ、朝鮮や日本等と同じく〝外夷《がいい》〟とされているのです。

これは、正史である『明史』の巻三百二十三の〝列伝第二百一十一〟でも同じです。ここでは台湾を〝雞籠《けいろう》〟の名称で記載し、はっきり〝外国〟としています。官撰の『大明一統志』と『明史』で台湾を明の領土とはしていない事実は、台湾は明代から中国の領土だった、とする主張を完全に否定しています。

明代の台湾は、明にとって〝外国〟であり、明代のさまざまな文献に尖閣諸島が記載されていたとしても、それによって尖閣諸島が明の領土だったという証拠には全くならず、根拠がないのです」

台湾本島が明の領土でもなかった時代に、その附属の島嶼だけが「明領」であったわけはないのである。さらに、清代にも、尖閣が清領ではなかったことについて、下條はこう語る。

「台湾が福建省の〝台湾府〟となるのは清代の康熙《こうき》二十三年、つまり一六八四年のことです。清代に編纂された『大清《だいしん》一統志』では〝古より荒服の地、中国に通ぜず〟とし、また清朝の第六代皇帝の乾隆帝時代の『大清一統志』でも、まだ台湾は〝日本に属す〟となっています。清国の史料として『台湾府志』があります。これは、清朝時代に台湾に派遣された地方官たちが編纂したものです。その中に台湾の北端は〝鶏籠城《けいろうじょう》〟と書かれています。別の地方官がまとめた『台湾府志』には、〝北至鶏籠山〟（北、鶏籠山に至る）として、台湾府の北端を鶏籠山としています。

これは、有名な台湾の観光地・九份《きゅうふん》から真正面に見える山ですよ。基隆から行きますけどね。これが、台湾の極北なんです。ですから、そこからはるか北東にある尖閣諸島が台湾の領土であるはずがないのです。

さらに、清の康熙帝がイエズス会の宣教師などに命じ、一七一七年に完成させた『皇輿《こうよ》全覧図』という地図でも、台湾の北端は〝鶏籠城・鶏籠山〟と並記されています。中国が主張するような〝尖閣諸島は台湾の附属島嶼だった〟という事実は、そもそもないわけです」

中国は〝日本が一八九五年に甲午《こうご》戦争（筆者注＝日本では「日清戦争」）の下関条約を利用して釣魚島を窃取《せつしゅ》した〟としている。下條はこれも事実に反するという。

「中国は、日清戦争後の下関条約で、日本は尖閣を自国の領土にしたという言い方をしてきました。これも間違っています。尖閣諸島は一八九五年一月十四日の閣議決定を経て、沖縄県の所轄となり、すでに日本領になっています。尖閣の日本領編入は、下関条約締結の三か月前です。同条約で日本に割譲された台湾と附属島嶼には尖閣諸島は含まれていないのです」

台湾は一八九五年四月十七日の「下関条約」で日本に割譲されたのである。日本は同年六月、台湾総督府を台湾に設置している。

「その四年後の一八九九年に台湾総督府は、『台湾総督府第一統計書』を刊行しています。そこには台湾総督府が統治する疆域《きょういき》（筆者注＝「国の範囲」のこと）が〝経緯度極点〟として示されています。それによれば、台湾の極東を東経122度07分の羊頭島《ようとう》東端とし、極北を北緯25度38分の〝アギンコート島北端〟としています。このアギンコート島は〝彭佳嶼《ほうか》〟のことです。つまり、尖閣諸島は台湾の疆域には含まれていなかった、ということです」

これが意味することは大きい。

「中国国家海洋情報センターの小冊子『釣魚島―中国固有の領土』では、一八六三年に刊行された清国の地理書『大清壹統輿図《いっとう》』が紹介されています。ここでは釣魚嶼（筆者注＝魚釣島）、黄尾嶼（同・久場島）、赤尾嶼（同・大正島）に赤丸を記して、清の領土としています。しかし、これらいずれの島嶼も〝中華の界〟である雞籠山と〝琉球の界〟である久米島の間にあるのです。この赤い印は、逆に尖閣諸島が清にも、琉球にも属さない〝無主の地〟だったことを示しています」

無主の地――これがキーワードであることを下條は強調する。

「尖閣諸島は、一八九五年一月十四日の閣議決定で沖縄県の所轄となり、現在は石垣市に属しています。それまで〝無主の地〟であった尖閣諸島を領有したのです。日本政府が〝尖閣諸島をめぐって解決しなければならない領有権の問題はそもそも存在しない〟としているのは、この史実を踏まえてのことなのです。中国政府には、尖閣諸島の領有権を主張できる〝歴史的権原〟はなかったのです」

国家による領域の支配を正当化するための根拠である〝領域権原〟が、中国には存在しないのである。

「日本がいずれの国にも属していなかった〝無主の地〟である尖閣諸島を自国領域に編入したこと、つまり、これは国際法において認められた領土取得、専門用語でいう〝先占《せんせん》〟であり、中国の主張は、いずれも的を外れているのです」

史実や国際法など、あらゆる面で尖閣諸島は揺るぎなき日本の領土なのである。

## 勇敢な開拓者

尖閣諸島を語るときに絶対に欠くことができないのが、「古賀辰四郎」である。

江戸末期の一八五六(安政三)年、筑後国上妻郡(現在の福岡県八女《やめ》市)に茶の栽培を営む農家の三男坊として生まれた辰四郎は、波乱万丈の生涯を送った人物である。

兄弟のなかで冒険心と商魂に恵まれた辰四郎は早くから故郷を離れ、明治十二年、二十三歳で那覇に渡り、海産物を扱う「古賀商店」を開業している。

明治新政府は明治五年に琉球藩を設置し、さらに明治十二年四月には琉球藩を廃止して沖縄県を設置するという「琉球処分」をおこなった。

琉球王国の併合・解体である。辰四郎は、まさにその直後にやって来たのである。

「脱清人《だっしんじん》」と呼ばれる琉球王国の支配階層で、もともと中国にルーツのあった人々が脱出し、琉球の存続を唱え、清国に「琉球救援」のための外交圧力などの措置を求める動きまであった。

そんな騒然とした沖縄に大海原での商売を夢見て、若き古賀辰四郎はやってきたのである。

もともと資金も人脈も持たない若者にとっては、世の中が騒然としているからこそ、台頭できる可能性がある。

血湧き、肉躍りながら辰四郎は沖縄に乗り込んだのだろう。

辰四郎にとっては、目につくもの「すべて」が商売の材料となった。たとえば、「貝殻」に対してさえ、辰四郎は「これはいけるかもしれない」と立ち止まった。

沖縄には、夜光貝の殻がたくさん捨ててあった。見た目も悪くないのに、利用価値もなく捨てられていたのだ。

どこにでもある貝殻を手に取った辰四郎は、「何かに利用できるかもしれない」と、その貝殻を神戸に送ってみた。すると、間もなく、

「これは、貝ボタンの原料に最適です」

そんな返事が来た。まさに「これはいける」である。

古賀商店は、「貝ボタン」の材料、すなわち「貝殻」の輸出をたちまち主力商品にしてしまった。

ただ街を歩くだけではない。海岸や路傍に落ちている貝殻さえ「商品」にしてしまう辰四郎には、商売に対する天賦《てんぷ》の才が備わっていたことは間違いない。

当時、沖縄には「寄留《きりゅう》商人」という言葉があった。

騒然とする沖縄にやって来た他府県の商人たちのことである。

大阪や鹿児島から来た商人が主だが、彼らは商売の経験を生かして米、砂糖などの取引をほぼ独占した。

取引する物の量や、商いの金額が大きく、彼らはたちまち沖縄で経済の中心となり、さらに政界へも乗り出していった。沖縄に誕生した「豪商」である。

経済界と政界がこの人々に牛耳られることを、当然、地元の人間は快く思っていなかった。

そこから生まれたのが「寄留商人」という言葉である。

辰四郎も、他府県からやってきた寄留商人の一人ではあったが、そもそもお金を持っていないし、年齢も寄留商人の常識から外れた「若造」に過ぎなかったのである。

だが、それだけに米や砂糖の「相場」を牛耳ることで儲けを独占していく他の寄留商人とは、商売の発想がまったく異なっていた。

常に森羅万象に目を凝らす辰四郎が「次に」目をつけたのは「羽毛」である。

海外では羽毛が高級品として珍重《ちんちょう》され、高値で取引されていることを、辰四郎はすでに聞き及んでいた。西洋では、寝具や服装に羽毛を使うことは、上流階級のステータスでもあったのだ。

辰四郎が注目したのは、尖閣諸島である。

東シナ海の航路の貴重な「目印」となっていた尖閣にはアホウドリが大集団をなして繁殖していることは漁師なら誰でも知っていた。

すでに四十年ほど前の一八四五年には、イギリスの探検測量船「サマラン号」による東洋探検隊が尖閣諸島に立ち寄り、黄尾嶼でアホウドリを観察したことが知られている。

辰四郎の行動は素早い。大店《おおだな》と同じような意思決定のやり方なら、古賀商店はとても太刀打ちができない。思いついたら「すぐ動く」のが辰四郎のモットーだった。

尖閣への辰四郎の動きも早かった。

一八八四年には、辰四郎は早くも尖閣調査に人を派遣している。恐ろしい数のアホウドリが群生しており、しかも、鰹や貝をはじめ、豊富な海洋資源の報告が次々、上がってきたのである。

古賀商店による尖閣行きは、以降、くり返された。魚釣島に小屋を建て、そこで暮らせるようにもした。

のちに政府から正式に魚釣島を借り受け、「古賀村」をつくる前に、尖閣での商売を辰四郎は続けていたのである。

辰四郎の尖閣諸島を見る目は鋭く、同時に専門的だった。

一種の冒険家でもある辰四郎には、絶海の孤島であろうと、そこに可能性があるのかどうかを見抜く力があった。

まず、島に森林があるのは魚釣島と久場島であることを見てとった。北小島と南小島には樹木がない。つまり、こちらには「水がない」ことを示している。

これは魚釣島と久場島には「森林を育《はぐく》む保水能力」が存在することを意味している。

特に魚釣島には、標高三百メートルあまりの山がある。保水能力はもちろんのこと、人間が生きていくための〝枯れない〟真水がある可能性があった。

すでにこの段階で辰四郎は、ここに羽毛や漁業のための村をつくることを念頭に置いていただろう。

上陸した魚釣島で、辰四郎は真水の確保が可能かどうかを真っ先に調査している。

人々が暮らすためには、以下の四点が必須である。

(一) 水の確保
(二) 食糧の確保
(三) 住まいの確保
(四) 港の確保

辰四郎は（一）について、雨水が地中に貯《たくわ》えられ、山の中をごく小さな小川となって流れていることをまず発見した。

（これを利用すれば、ある程度の数の人間が生活できる水は確保できる）

水量が十分ではないものの、辰四郎はそう考えた。この水を引き入れて貯め、水汲み場やタンクをつくることができると考えたのだ。

実際に、およそ半世紀後に起こった「尖閣戦時遭難事件」のとき、その「真水」が多くの遭難者の命を救うことになることなど、辰四郎は知る由もなかった。

島で（二）の食糧問題を解決することは困難であることもわかった。

作物を育む農地になるべき「平地」が魚釣島にはほとんど存在しなかったのだ。すなわち耕作による食糧自給は無理だということである。

天候に左右される不安定な海の幸だけで大勢の人間を養うことは難しい。辰四郎は、食糧は「八重山からの輸送で賄《まかな》うしかない」ことを理解した。

もともと尖閣でとれた羽毛や海産物は、八重山に運ばなければ意味はない。その行きの船で食糧や生活必需品を運ぶことは、どうということはない。これはクリアできる。
（三）の住まいの確保は、島には、平地がほとんどないものの島の西部に狭くても小屋などを建てられる一角がある。
（ここに建てるしかない。うまく建てれば二、三百の人間が生活できるかもしれない）

辰四郎は、そう考えた。

(四)の港の建設は(一)から(三)が何とかなれば、問題はない。立派な港など、必要はない。安全に近づくことができ、停泊できる埠頭があれば、それだけでいい。いわゆる「船着場」である。

辰四郎の構想は膨《ふく》らんでいった。

## 開発許可が出ると同時に

意欲ある若者・古賀辰四郎の行動力は旺盛だった。

さっそく尖閣諸島の開拓許可を政府に申請したのである。だが、これらの島々の帰属問題が不明確だった。

古賀辰四郎が最初に尖閣調査に乗り出した翌年の一八八五年には、沖縄県は初めて尖閣諸島の調査をおこなっている。

そのうえで沖縄県は領土として編入するという許可を政府に申請したが、認められなかった。

その後、辰四郎をはじめ、民間人による尖閣諸島での鳥や植物の採取が増加。沖縄県は、さらに管理の必要性を感じ、沖縄県への編入の申請を続けていたが、それでも政府からの許可は下りなかった。

このため、辰四郎への正式な開拓許可も出なかったのである。

沖縄県は、民間からの突き上げに応じるかたちで、政府に三回目の申請をおこなった。政府がやっと閣議決定によって尖閣を日本の領土としたのは、一八九五年一月十四日のことだ。辰四郎に開拓許可が出たのは、さらにその翌年の一八九六年九月のことである。

その頃には、すでに尖閣の羽毛は、古賀商店のなかでも重要商品となっていた。「許可」が出たというのは、そこに「村をつくることができる」という意味である。

辰四郎は、魚釣島にダイナマイトを持ち込んだ。珊瑚礁の固い岩盤をダイナマイトで爆破するためである。辰四郎のやることは、スケールが違っていた。

爆破され、さらに掘削されてできた船着場には、台風に備えて「船揚場」も設置された。厳しい自然環境の魚釣島では、台風に備えてあらゆる準備をしておかなければならなかったのだ。

明治四十二年六月十五日から二十七日にかけて『琉球新報』に連載された琉球新報主筆の宮田漏渓《るち》による「尖閣列島と古賀辰四郎氏（七）」には以下の記述がある。

〈古賀氏が那覇の本店より回送する瀛船《きせん》より荷役をするに必要なる艀舟《うきふね》、及び鰹漁船等の出入及び其の寄着きを便利ならしめんが爲《た》め、古賀氏が多大の勞力と經費《けいひ》と、及び其の長き年月を經《へ》て、列島各嶼沿岸の各処に岩礁を開墾したるものにして、（略）其の船寄せ塲＝港灣の大なるものは奥行き五六十間もあるべく、間口は拾有七八間もあるべし。内地形鰹漁船は其の出口の處《ところ》に於て自由に且《か》つ容易に回轉《かいてん》運動をなすを得る〉

掘割の大きさは奥行きが〈五、六十間〉というから、およそ百メートルはあったものと思われる。一方、間口が〈十七、八間〉というので、三十メートルを軽く超えるほどの広さが想像される。鰹漁船が出入口のところで簡単に「回転できた」というから相当な大きさである。

辰四郎は翌一八九七年三月に魚釣島、さらに九八年五月には黄尾嶼《こうびしょ》に数十人を入植させ、アホウドリの羽毛採取をさらに大がかりに始めたのである。

だが、「求人」には相当、苦労したことが窺える。なにしろ絶海の孤島での仕事である。想像するだけで尻込みするのが通常の感覚だろう。

『尖閣研究叢書　尖閣諸島盛衰記』（尖閣諸島文献資料編纂会）には、〈労働者の確保に苦労　食糧日用品支給、高賃金で雇う〉と題してこんなくだりがある。

〈開拓当初は、労働者の確保には相当苦労したようだ。新聞広告で募集したが、絶海の無人の孤島であり危険を恐れて志望する者は少なかった。応じてきたのは、仕事にあぶれた一癖二癖もある者だった。しかも驚くほど多額の賃金を要求してきた。

食料煙草その他日用品を給与した上、高額な賃金を支払っていた。ところが、島での仕事に慣れると、意外に労働は容易で収入は多いと知り、帰還すると友人知人にこれを吹聴したため、出稼ぎ志望者は次第に増えてきた。

志望者が増加するに随い、労働者の選択を行い、優秀な労働者を送り込むことができたようだ〉

民間人によるこの「無人島開拓」は、政府にとってもありがたかっただろう。政府が何の協力もしないのに、一介の無人島が、日本人居住の「国土」となっていくのである。これほど楽なことはない。

古賀村によるアホウドリの捕獲は、毎年十五万から十六万羽に及んだ。だが、辰四郎はこれだけにとどまらず、フカヒレ、いりこ、貝殻や鼈甲《べっこう》の採集、鱶《ふか》漁、珊瑚採集……等々、さまざまなものに力を注いでいった。

アホウドリの個体数の減少とともに、主になっていったのは鰹節の製造である。

辰四郎は、鰹の好漁場だった周辺海域に目をつけ、鰹漁業に力を入れ、鰹節づくりにも乗り出した。鰹節工場を建て、そこで鰹節を生産したのだ。

当時の古賀村の配置図を見ると、事務所本部、作業場、鰹切場、鰹仕事場、女工場、鍛冶場、塩炊き屋……等々がずらりと並ぶ。住居も並んでおり、浴場だけで労働者浴場、事務所湯風呂、漁夫浴場……などが配置されている。

古賀村の人口は、最盛期二百四十八人を数えた。

彼ら彼女らは、すべて古賀商店に雇われた人々である。古賀商店の社員もいれば、季節ごとの雇われ人もいる。

ときに大シケ（台風）に襲われる過酷な島ではあったが、古賀村の住人は、前述のように給金もよく〝職住一致〟の生活を謳歌したのである。

## 「先覚者」の偉業

『沖縄の百年 第1巻 人物編 近代沖縄の人々』（新里金福・大城立裕著・琉球新報社編 太平出版社発行）には、開拓者であり、経営者でもある古賀辰四郎のことがこう描かれている。

〈燕尾服《えんびふく》と安全カミソリとピストルと無人島と藍綬褒章《らんじゆほうしよう》と――いかにも妙なとりあわせであるが、古賀辰四郎の象徴となるものをすなおにならべてみたのである。

一八五六（安政三）年福岡県八女郡に生まれ、沖縄に来て、無人島探検を多くし、尖閣列島を発見。多くの水産業をおこし、はじめて分蜜糖を作り、真珠養殖をはじめるなど、殖産産業に功あり。一九〇九（明治四二）年四月、藍綬褒章をおくられ、一九一八（大正七）年病没。嗣子善次。

福岡県から那覇へきたのが一八七九（明治一二）年四月。寄留商人としては早いほうである。生家が茶を栽培、製造している中農で、茶を売りにきたというのであるが、「琉球」に目星をつけたいわれは何であっただろうか〉

尖閣の開拓者・古賀辰四郎が沖縄の英雄ともいえる人物だったことがわかる。同著には一八九七年頃、台湾へ単身旅行をした辰四郎が、日清戦争のあとのことであり、その用心のためにピストルを携行したが、一発も撃たなかったと人に自慢したエピソードなどが紹介され、〈とにかく、ひとのやらないことを試みる志が高かった〉と記されている。

同著が特筆するのは、その冒険心である。

〈二年後には、尖閣列島、仲の神島を探検し、一九〇二（明治三五）年ごろまでに、県下の無人島を探検した。大東島、ラサ島、赤尾礁（宮古の西北、一名大正島ともいう）、鳥島など。イキマ島というのが、宮古の南三〇海里にあるということで、一八八六（明治一九）年発行の海軍水路部の海図には明記されていたが、古賀はその地点を中心として周囲一〇海里にわたって調査した結果、島影を発見しえず、イキマ島は存在せずと、海軍省に報告した。

尖閣列島を発見したのは日清戦争直前である。借地請願を政府に出したが、政府では同島の所属不明なりとの理由で却下した。戦勝の翌年、三〇年間無償借地の許可をうけた。その前年、本籍を沖縄に移した。腰をおちつけるに足ると考えたらしい〉

辰四郎が尖閣だけでなく、あらゆる無人島の探検を試みていたことがわかる。つまり、辰四郎にとって、ひょっとしたら商売が「主」ではなく、冒険が「主」であり、あくまでその冒険の元手を稼ぐための商売だったのかもしれないのである。

そして、辰四郎の旺盛な事業欲は、衰えを見せなかった。同著の古賀評はこう締め括《くく》られている。

〈一九〇九（明治四二）年殖産興業の功で藍綬褒章を下賜《かし》された。沖縄での第二号である。（第一号は松田和三郎）。古賀が第一号をかちえたものに燕尾服（第二号は当間重鎮）、安全カミソリ、ピストルなどがあるが、これよりさきに、やはりあれだけの探検と産業とをあげるべきであろう。だが、古賀のために惜しむらくは、尖閣列島の産業が時代にとりのこされ、のちに隆盛をみた大東島をせっかく占有地をにぎっていたのに荷が重いとして玉置半右衛門に譲ってしまい、真珠養殖も御木本に譲ってしまうなど、すべてが偉大な習作におわってしまった。

それでも彼はパイオニアとして満足であったのかもしれない。意気さかんな洒落者古賀辰四郎の手形を、失われたロマンのために、せめてはこの記録にとめておかねばなるまい〉

古賀辰四郎が先覚者として後世に多くのエピソードを残しただけでなく、いかに慕われていたかを想像させてくれる記述である。

## 中華民国から贈られた感謝状

波乱の生涯を送った古賀辰四郎が病を得てこの世を去ったのは、大正七年八月のことである。父の事業を引き継いだのは、長男の古賀善次《よしつぐ》だ。

明治二十六年四月に生を享けた善次は、このとき二十五歳。偉大なる父を持った善次は、古賀商店の若き主となった。

この善次が、父の死去の翌年大正八年に、尖閣の領有をめぐる決定的な功績をいきなり残すことになるなど、本人はもちろん、父と共に尖閣開拓に携わった盟友たちにも想像もつかなかったに違いない。

大正八年十二月下旬、冬の東シナ海は荒れに荒れていた。六月から九月にかけての台風シーズンにかぎらず、東シナ海は冬場も波が高い。

これに激しい雨が加わると、視界さえ消え、すべてのものを呑み込む〝ゴー〟〝ゴー〟という凄まじい音に支配される。いうまでもなく、航行するあらゆる船は、生と死のはざまを行き来する。まして、小さな漁船など、ひとたまりもない。

十二月下旬に三十一名の漁民を乗せて福建省から出た「金合丸」は船長五十二尺（約十五メートル）、幅十八尺（約五・五メートル）のごく普通の漁船である。

北上して浙江省付近の海域を目指していた同船は、大波を伴う暴風雨に遭遇する。台風かと見紛《みまが》う「暴風雨」に金合丸は船体の維持さえ困難になった。

転覆の危機を迎えた同船は、船長の判断によって「帆柱《ほばしら》」の切断という究極の決断を迫られた。転覆か、帆柱切断か——これは、船を操る海の男たちにとって、最後の非常処置の決断になる。暴風への対処ですでに機関（動力）も、ほぼ失われており、転覆を仮に免れても、助かる可能性はかなり微妙になる。しかし、致し方なかった。

金合丸は帆柱を切断し、幸いに転覆は免れた。

だが、航行の自由を奪われた船は過酷である。嵐のなかを金合丸は、ただ波に身を任せるしかなかった。

漂流して五日目、食糧も尽き、水も乏《とぼ》しくなってきた金合丸に幸運が舞い下りた。海原の向こうに島影が見えたのである。尖閣諸島だった。

もともと福建省の港から真っすぐ東を目指すと三百キロほど進めば、尖閣諸島がある。金合丸はそこまで流されていたのだ。

希望を持った漁民たちは、上陸用の小舟三隻を下ろし、全員が分乗した。

十二月三十日夕刻、必死で漕いだ漁民たちは、夜のとばりが下りる前に魚釣島に辿りつくのである。

懸命に漕いだ福建漁民たちが魚釣島の古賀村に現われた。

彼らの憔悴しきった姿に古賀村の住民は仰天する。海に生きる人間として、心から彼らを労《いた》わったのは当然である。

だが、東シナ海では一度崩れた冬の天候は、なかなか回復しない。

このときもそうだった。荒天は十日ほども続き、遭難漁民たちは、古賀村の村民たちから手厚いもてなしを受けつづけた。

天候がようやく回復したのは、一月に入って一週間ほど経ってからのことだ。

その頃には、福建の漁民たちは元気を取り戻し、古賀村の住人とすっかり親しくなっていた。大海原での漁を生活の糧とするもの同士は、国は違えど、わかりあえるものがあるのは昔も今も変わらない。

やっと出発の準備が整ったのは一月十日である。三十一名の漁民を石垣島に移送したのも、古賀善次所有の漁船だった。福建漁民たちは、石垣村の役場に送り届けてもらったのである。石垣村役場でも、漁民たちは「旅舎」に収容されて手厚い保護を受け、そののちに福建省へと無事、帰還を果たすことができたのである。

大正九年一月二十一日、沖縄県知事の川越壮介は、床次《とこなみ》竹二郎内務大臣宛に〈支那人漂着ニ関スル件〉と題してこんな報告書を提出している。

〈一同ハ既ニ糧食尽キ飢餓ニ迫リ居《お》リタルニ幸ニ同島ニハ古賀善次ナルモノ、漁業事務所アリテ漁夫其ノ他三十余名ノ居留民アリシカハ其貯ヘアル食料ヲ分与セラレ救護ヲ受ケ続テ天候不良ナル為メ其侭《そのまま》事務所ノ救助ヲ受ケ滞在シ本月十日ニ至リ天候漸《ようや》ク恢復《かいふく》セシヲ以テ古賀ノ所有漁船ニ依リ遭難者全部ヲ石垣村役場ヘ輸送シ来リ爾来《じらい》同村ニ於テ旅舎ニ収容保護中ナリ而シテ彼等ノ乗組船ハ和平島上陸後風波ノ為メ破砕セラレ船具船体共全部流失シタリト云フ〉

つまり、福建省の漁民は、古賀善次と古賀村の面々に命を救われたのである。この件の反応は大きかった。

無事、帰還した漁民たちは、日本の島で助けられ、手厚い保護を受けたことを正式に申し出たのだ。

当時、清国を倒した中華民国は、北洋軍閥によって支配されていた。この一件に中華民国は、「感謝状」を同年五月に早くも出している。

この現物は、いま石垣島の石垣市立八重山博物館に大切に保管されている。またこのレプリカは、石垣港ターミナルの二階にある「尖閣諸島情報発信センター」に展示されている。

そこには、こう書かれている。

感　謝　状

中華民国八年冬福建省恵安県漁民

郭合順等三十一人遭風遇難飄泊至
日本帝国沖縄県八重山郡尖閣列島
内和洋島承
日本帝国八重山郡石垣村雇玉代勢
孫伴君熱心救護使得生還故国洵属
救災恤鄰當仁不譲深堪感佩特贈斯
状以表謝忱
中華民国駐長崎領事馮冕
中華民国九年五月二十日

福建省恵安《けいあん》県の漁民計三十一人が、暴風のために遭難し、漂流。しかし、〈日本帝国沖縄県八重山郡尖閣列島内和洋島〉に漂着して熱心な救護を受け、無事、故国に生還できた。そのことに対して、中華民国の駐長崎領事の〈馮冕〉から感謝状が発出せられたのである。

つまり、尖閣列島は〈日本帝国沖縄県八重山郡〉であることを当の中華民国が明記していることになる。

古賀辰四郎―善次の親子が日本の「尖閣領有」に果たした役割は計り知れないほど大きいのである。

その後、古賀村は次第に縮小していく。アホウドリの減少により、羽毛が獲れなくなったのである。羽毛採取が事業の主力から脱落し、鰹工場は稼働していたものの、わざわざ魚釣島で鰹工場を経営する必要もなくなっていった。昭和に入ると「常駐」ではなく、人々は定期的に魚釣島を訪れ、そこで必要な作業をするという形式に変わっていった。

農林省の「南西諸島鉱物資源調査団」が尖閣五島の調査にやってきたのは、昭和十四年のことである。調査団は、古賀村の跡地を宿営地にしている。

その際、ちょうど古賀商店の多田武一支配人が与那国島からクバの葉の採取のために一団を連れて魚釣島にやってきた。

調査団と鉢合わせした多田が率いる一団は、調査団のカメラに向かって、にこやかな表情を示し、尖閣史の貴重な写真史料となっている。

調査団の写真には人々だけでなく、古賀村に築かれていた、しっかりした石積みも写っている。この古賀村跡の石積みについて調査団は昭和十六年四月の『採集と飼育』(春季特大號)の〈尖閣群島を探る〉のなかで、

〈古賀氏は高さ3米餘《よ》、幅2米、現在残ってゐるものだけでも長さ120餘米もある石垣積みの防風壁を作ったので、西側の沖から見ると古城の跡の様に見える〉

そう記述している。全盛期の「古賀村」の威容《いよう》を偲ばせる報告である。

「あそこには真水がある」

そう言って、第一千早丸を魚釣島に導いた伊良皆高辰も、この時期、何度も魚釣島にやってきた貴重な人材だった。

調査団や、古賀商店が集めた人間が「たまにやってくる」だけとなった魚釣島は、厳しい風雨にさらされ、次第に跡地も荒れ果てて、もとの絶海の孤島へと戻っていったのである。

中国が突然、「尖閣諸島は中国の領土」と言い始めたのは、前述のように一九六八年に行われた国連機関による海洋調査がきっかけである。

かつて一度も領有権を主張したことがなく、つまり、領有権の主張も、国際的な手続きも、さらには、定住して実効支配したこともない国。だが、それをいきなり言い出すのが中国である。

一九七二年の月刊『現代』六月号に七十九歳を迎えた古賀善次の貴重な談話が紹介されている。題名は〈毛さん佐藤さん　尖閣列島は私の〝所有地〟です〉である。俄かに喧《かまびす》しくなった尖閣列島に対して、善次が口を開いたのだ。「毛さん」とは毛沢東、「佐藤さん」とは佐藤栄作のことである。

〈親父が探検してから九十年近く、私が払い下げを受けてから四十年にもなります。にもかかわらず中国が何か言い始めたのは、やっとここ二、三年のことじゃないですか。何をいっているんですかねえ。

戦後、私の所有する島のひとつ久場島を、米軍は射爆場として使いはじめました。使いはじめたのは終戦直後かららしいんですが、米軍が私に借地料を払うようになったのは昭和二十五年からです。

地料は年額一万ドルあまり。無期限使用となっていました。だから私は、石垣市にちゃんと固定資産税を納めています。昭和三十四年からですが、去年までは四百ドル、今年からは四百五十ドル、ちゃんと払っているんです。

それに、中国もかつてははっきりと日本領土と認めているんです。事実もありますよ。大正八年、中国福建省の漁船が、尖閣列島沖合いで難破しました。そのとき、たまたま私の船がそれを発見し、難破船と三十一人の乗組員を助けて石垣島へつれてきて、手厚い保護をしました。私だけでなく、石垣の人たちも彼等を親切にもてなし、修理をおえた船とともに中国へ帰してやったのです。

翌年ですよ、中国政府から私をはじめ石垣の関係者に感謝状が送られてきましてね。その宛名は、日本帝国沖縄県八重山群島尖閣列島でしたよ。いま中国がいっている魚釣台《ママ》ではなく、ちゃんと尖閣列島になっています。個人からの手紙ではありません、政府としての感謝状なんです。ええ、いまでも保存してありますよ〉

尖閣が議論の余地のない日本の領土であったことがわかる。

南シナ海では中国は、二〇一二年に南シナ海の約九割を「自国の海」とする九段線を主張し、二〇二三年八月末に公表した地図には、台湾東部に新たな線が引かれて「十段線」となり、南シナ海全域だけでなく、台湾も、台湾海峡も、中国の「自国の海域」とした。

フィリピンに至っては、自国のＥＥＺ（排他的経済水域）内のスカボロー礁まで二〇一二年に中国に奪われ、実効支配されているのは周知のとおりだ。

同礁は、フィリピンのルソン島から西にわずか二百三十キロほどの距離にある。中国はここに「黄岩島《こうがんとう》」という名をつけて、自国の領土と主張し、そのままフィリピンを寄せつけていない。

「常識」や「ルール」が通用する相手ではないことを、私たちは肝に銘じなければならない。

# 第七章 「舟を造るしかない」

## 救世主となった「船大工」

食糧が枯渇すれば、体力のないものから衰弱し、やがて死に至るのは、自然の摂理である。

当初は島を探検する元気があった子供たちも、行動範囲が狭まり、口数もめっきり少なくなっていった。クバの木の芯も、ほぼ食べ尽くし、口にするものがなくなってきたのだから当然だろう。

二週間、三週間と日が経つにつれ、疎開者たちは頬がこけ、あばらが浮き上がり、窪《くぼ》んだ眼《がん》窩《か》から放つ目の光が、どこに焦点をあてるでもなく、宙を泳ぐようになっていた。

衰弱死した身内を見送ることほど辛く、哀しいことはない。墓穴を掘る体力も残っていないのに、それでも痩《や》せさらばえた遺体を土葬する虚しさは、表現しようもない。

このままでは全員死ぬ――。そのことだけは確かだった。

（もう一度、挑戦するしかない）

第一千早丸を失った軍の人間は、「再度の挑戦」を考えていた。しかし、もはや肝心の船がない。どうすることもできない。

だが、疎開者の中に「船大工がいる」という情報が次第に広がっていった。

当時三十三歳だった岡本由雄《よしお》のことである。

岡本自身は沖縄出身者ではなく、ヤマトンチュウ（内地の人）である。しかし、妻が八重山の人であり、岡本は石垣島で腕のいい船大工として活動していた。

船の需要は、戦時中も絶えることがなかった。いや、船が敵の攻撃によって沈めば沈むほど「お国のために」造らねばならなかったのである。

岡本夫妻には、三人の子供がいた。五歳の長女、三歳の二女、そして生まれて十か月に満たない乳飲み子の三女である。懸命に働きつづけた岡本は、台湾への最後の疎開船に、やっと家族とともに乗船したのだった。

一家の大黒柱として、家族を魚釣島で餓死させるわけにはいかないのは誰も同じだ。

岡本は疎開先の台湾でも、船大工として、大いに働こうと考えていた。

幸いなことに、そのため愛用の工具を持ってきていた。もし、岡本が機銃掃射で沈没した第五千早丸のほうに乗船していたなら、大工道具は、東シナ海の底へと沈んでいただろう。

しかし、一家は第一千早丸に乗船していた。おかげで貴重な大工道具が魚釣島に無事、〝上陸〟できていたのである。

「岡本さん、サバニを造れませんか」

サバニとは、小舟のことだ。船に積んである小伝馬船を大きくしたものを想像してもらえばいい。琉球王朝時代から伝わる沖縄の伝統的な舟である。

布製の帆《ほ》を張り、漕ぎ手と共に、これが風を受けて海原を進むものだ。

（………）

岡本は、軍から声をかけられたとき戸惑った。サバニを造ろうにも、道具はあっても材料がない。小型の舟とはいえ、それなりの木材や釘が必要だ。

だが、魚釣島には、自分たちがいる側とは反対の海岸線に難破船があった。

荒波で島の岩礁に叩きつけられ、そのまま朽ちてしまったのか、それとも、どこかで難破した船が長い時間をかけて流されてきたものか、それはわからない。

いずれにしても、なんらかの理由で力尽きた船である。

食糧になるものはないかと、子供たちも含めて島の隅々まで探検していただけに、何人かがその船のことを口にした。

（その難破船に使えるものがあるかもしれない）

岡本はそう思った。そして、

「とりあえず使えるものがあるかどうか、探してみましょう」

承諾の返事をする前に、岡本はそう口にした。板や柱、そしてクギや杭《くい》に至るまで、「なんでも使おう」ということである。材料がある程度、揃えば、なんとか造ることができるかもしれない。岡本は、可能性をそこに見出した。

難破船に、大人も子供も、そして婦人たちも駆けつけた。

岡本は〝解体作業〟の陣頭指揮をとった。

「クギを抜くときは、これを使ってこう抜いてください」

岡本の指示は細かかった。せっかくのクギも、抜くときに曲がってしまってはどうにもならないからだ。すべてが貴重な材料なのである。

「女性も、身体が動く者は手伝ってください」

結局、遭難者「総出」の作業となった。

サバニの本体だけでなく、舟を漕ぐための櫂《かい》も必要だ。これは一定の長さとバランスが必要なだけに神経を使った。

最終的に七、八人が乗り込むものになるだろうと、岡本は考えた。最低、櫂は八本つくっておこう、と決めた。柱や板の中から、櫂にできそうなものを岡本がいちいち探し出して指定し、自分もこれを引き剥《は》がす作業をおこなった。

（大工道具はある。材料さえあれば……）

その思いがだんだん〝現実〟のものとなっていった。

しかし、万一、いろいろな奇跡が重なり、サバニができたとしても、それで百七十キロ彼方《かなた》の石垣島に誰が助けを「呼びに行ける」というのか。

そんなことができるはずがない。

それに、自分たちを機銃掃射してきた米軍機もいる。発見されたら、ひとたまりもない。万にひとつも石垣島に辿りつく可能性はないだろう。岡本の頭の中では、そんなことがぐるぐるまわっていた。

だが、極限まで追いつめられれば、人間とは不思議な気持ちになるものである。

座して死を待つべきではない。体力が残っている若い人間を「決死隊」として構成し、なんとしても、石垣島まで「到達」させるんだ――。

そんな実現性の乏しい話が、大真面目に進んでいったのである。

希望がなければ、誰もが気力が萎《な》えて死んでしまいそうだった。地獄の魚釣島の生活の中で、助けを呼ぶためのサバニを造る話が進んでいったのは、この〝異常な空間〟ならではのことだったに違いない。

金城珍吉の『尖閣列島遭難記』には、衰弱する疎開者たちのようすや、船大工の岡本のことも描かれていた。

〈一ヶ月過ぎる頃から、みんなが下痢をして栄養不良により、目に見えてすいじゃくして、死亡者も出始めた。そのまま捨て置けば、みんな死を待つのみであり、なんとか一日も早く連絡を取る方法を考えようとのことで一決した。

幸いに大工道具を持っておられる船大工の岡本さんに気づき、その人を中心に船造りをお願いし、みんなは協力し、座礁船から板や釘などを集めた〉

幸いに彼らより先に北小島に遭難していた兵たちは「工兵隊」の兵たちだった。既述のように三人とも助け出されて、魚釣島にいた。

計画を聞いたとき、彼らは即座にこう言った。

「たとえ石垣島に辿りつけず、途中で死んでも本望ではないか」

このひと言で計画は決まった。

たとえ死んでも本望——との言葉は、当時の日本人にとっては、勇気を奮《ふる》い起こす最後の言葉にほかならなかった。

## でき上がったサバニ

サバニ造りは困難を極めた。そもそもまともな材料がないのだから仕方がない。

しかし、腕のいい岡本はあきらめなかった。朝から真夜中まで根気よく造りつづけた。難破船から持ってきた不完全な材料でも、岡本は不平をいわない。

工兵隊の兵たちも必死だった。疎開者たちも身体が動く者は全員が手伝った。

五日……一週間……十日……

疎開者たちの必死の協力で、サバニは、その勇姿をだんだん現わしてきた。

祈るような気持ちで作業を見守る人もいた。大袈裟ではなく、命が尽きるのが早いのか、それとも舟ができるのが早いのか、という戦いである。

「どうか神様……」

女たちも負けてはいなかった。

サバニの命とも言えるのは、「帆」である。帆を張ることができれば、推進力ができて荒波を越える可能性が強くなる。しっかりした帆があれば、この東シナ海を「渡り切ることができる」かもしれない。

しかし、帆になるような材料は絶海の孤島に存在するはずはない。日本では、昔から木綿や麻を用いることが多かったが、そういうものがない場合は、藁《わら》や竹まで利用した歴史がある。

日本には簾《すだれ》や筵《むしろ》などを編む技術が古くから存在する。これらの伝統手法を駆使して帆を編み、先人は大海に漕ぎ出したものである。

帆にできるものは何かないのか。

皆が知恵を出し合った。島にいる大人はすべてこれらの作業に加わった。しかし、結論は「島には帆にできるものはない」ということだった。

それでも、あきらめなかったのは、女たちである。

「木綿の着物をほどきましょう」

誰が言ったのかは、記録に残っていない。しかし、女たちは、そう提案した。

着物は一枚の長い反物《たんもの》からできている。着物の縫《ぬ》い目を丹念にほどいていくと、大小さまざまな四角い布に変貌していく。

もとの反物に「戻っていく」のである。そして四角い布となったものを縫い直せば、立派な「帆に生まれ変わる」のである。

着物をほどく――これは、日本の女性しか知らない手法である。

それぞれが台湾で着るつもりだった上等の木綿の着物を持ち寄った。

(よし、これで帆をつくることができる)

岡本は、「この手があったか」と唸った。

岡本の目の前で着物は何枚もの四角い布に変貌し、これを重ねたり、また縫い合わせたりして舟を動かす「帆」となっていった。

ものはなくても、日本人は工夫することについては誰にも負けない。こうして、黙々と女たちの作業もつづいたのである。

## 南小島への食糧調達

「誰がサバニに乗って助けを呼びに行くにせよ、食べるものがなければ話にならない。南小島に行って、食糧を調達するべきです」

サバニの完成が近づいてきたとき、そんな提案をした男がいた。

「魚釣島まで行けば真水がある」

そう提案して結果的に疎開者たちの窮地を救った伊良皆髙辰である。

もとより食糧の調達は、何をおいても必要である。サバニに乗って決死隊となる男たちに食糧をつくってやらなければならない。そして、体力が尽き果て、餓死寸前の人たちにも口に入るものを調達しなければならなかった。

古賀村で暮らしたこともあり、尖閣列島の地勢に詳しい伊良皆は、南小島に行けば、ある程度、食糧が調達できることを知っていた。

南小島には、アホウドリの巣がまだ沢山あった。あそこまで行けば、アホウドリの卵や鳥肉を持ち帰ることができる。そのことを伊良皆はわかっていたのだ。

幸いに第一千早丸の小さな伝馬船が船着場にはある。第一千早丸を放棄し、ここまで帰ってきたときに使ったあの伝馬船だ。

あれがあるなら南小島まで行ける——伊良皆の提案は皆に受け入れられた。そして、まだ力の残っている男たち五人をひきつれ、伊良皆は伝馬船で南小島に向かったのである。

これがのちに悲劇をもたらすことを六人は知らない。人々を助けるために、ただ伊良皆は、必死だったのである。

決死隊は、サバニが完成したあと、伊良皆たち六人が帰ってきてから出発する手筈になっていた。

しかし、ここで予想もしない事態が起こった。

伊良皆たちは、無事、アホウドリの島である南小島で食糧を手に入れた。そして、さっそく魚釣島に引き返しはじめた。ところが、ここで誤算が生じたのだ。

潮流があまりにも激しすぎたのである。小さな伝馬船では、あっという間に流されてしまうほどの潮流だった。

伊良皆たちは一度、南小島に引き返すことにした。

潮の流れが「落ちつく」のを待つことにしたのである。しかし、ここでまたしても誤算が生じた。

一日、二日、三日……なんと潮の流れは、きつくなるばかりで一向に収まらなかったのだ。

（これは、まずい……）

五日を過ぎた頃から、伊良皆たちは居ても立ってもいられなくなった。

もうサバニが完成しているかもしれない。出発までに食糧を持って帰れなければ、自分たちの行動自体が無駄になる。

それに、すぐに帰ってくるはずの自分たちが帰ってこないことを、人々はどう思うだろうか。

五日、六日……伊良皆たちの焦燥をよそに、潮流は収まる気配を見せなかった。

（自分たちが伝馬船ごと、どこかに流され、もう生きていないと思われているかもしれない）

そんな心配まで、するようになった。六人の焦りは深まるばかりだった。


そして、昭和二十年八月十二日、ついに立派な帆を張ったサバニは完成した。

（できた。本当にできた）

人々の喜びはいかばかりだったか。

最も信じられなかったのは、誰よりも岡本本人だっただろう。人々が寝静まった夜中でも、板を切り、木材を削り、サバニを造りつづけた岡本の努力がついに実ったのである。

責任を果たせた喜びの大きさは、とても言葉に表せるものではなかった。

サエの母・内間グジは『市民の戦時戦後体験記録　第四集』に、こう書いている。


〈食糧も底をつき、毎日毎日人が亡くなるので、このままではせっかくここまで生き延びてきた人々も全滅するのではないかと思いました。

幸い、名前は忘れましたが、本土の方で舟大工の人がおり、島にあった難破船から板をとって舟を造る作業をすすめ、帆は疎開者の着物や反物を集め、つなぎ合わせて作りました。

舟は二週間ほどで完成し、数名の男の人達が救助の連絡を取るため、石垣島へ向かいました〉

花木芳もこの帆づくりに加わっている。『市民の戦時戦後体験記録　第二集』には、こうも書かれている。

〈食べものも無くなり、みんなもだんだん弱ってきて、助ける船も無いと分かってから、船を作って石垣まで連絡に行かせようということになった。これまで何回か沖を通る船を見て、くばの葉を燃やして合図をしてみたがだめだった。

とうとう難破船の板片を集めてきてボートを造ることになった。男の人の中に一人、彼自身は本土の人だが、奥さんは八重山の人だという人がいた。

名前は忘れてしまったが、この人が船大工で、寄せ集めの板で船を造ることができた。女たちは帆を作るための着物を出して縫いなさいといわれて、上等のもめんの着物をほどいて帆を縫って出した〉

淡々とした表現だけに余計、切迫感が伝わる歴史の証言である。

やがて人々の運命は、このサバニに乗って石垣島に助けを呼ぶ男たちに委《ゆだ》ねられたのである。

# 第八章　赤い鉢巻の決死隊

## 「行き先」はどちらか

そのときの空気をどう表現したらいいのだろう。

皆が力を合わせて、ついにサバニは完成した。木綿の着物をほどき、つなぎ合わせた精魂込めた帆も風をしっかり受けていた。

昭和二十年八月十二日――。

助けを呼ぶ「先」が、どれほど遠かろうと、執念と気迫があれば、辿りつける。そうであるはずだ。いや、そうでなければならない。

魚釣島にあるたった一つの船着場。そこにポツンと、一隻のサバニが浮かんでいた。この目の前にある舟が、自分たちの「命」を握っている。大人でなくても、そのことだけはわかった。

ぎょろぎょろとした目の子供たちも、真剣に、いや、深刻な顔で、ものも言わず、ただその舟を見つめていた。

完成したことだけでも奇跡だった。

容赦なく照りつける炎熱の日差しの中で、誰もが無言だった。

女性たちも、自分たちが懸命に縫った帆が、吹き抜ける風をしっかり受け止めているさまを見て、涙を浮かべた。

この荒波の中でも、運さえよければ「辿りつける」かもしれない。しかし、もし辿りつけなかったら……。

ここで飢え死にしていく自分と子供たちの運命を考えたら、鼻の奥がツーンとした。

(お願い……どんなことがあっても辿りついて……)

悲壮な空気が船着場を支配していた。

結局、南小島に食糧調達に行った六人は、この日までに誰ひとり帰還しなかった。

アホウドリの卵と肉という貴重な食糧の調達が実現しなかったのである。

(潮流に流されてもう生きていないかもしれない)

人々は口には出さないが、そう考えていた。もはや、彼らが帰ってくることを期待することはできなかった。

黙々と荷物がサバニに積み込まれた。羅針盤と海図、そして心ばかりの握りめしもあった。

無理をしたに違いない。それぞれに一個ずつ「おにぎり」が配られた。どれほど無理をして女性たちがつくってくれたことだろう。

（一体、こんな米、どこにあったんだ……）

男たちはそんな声を呑み込んだ。

そして、クバの芯と真水も入れられた。いかに「決死隊」に期待がこめられていたかがわかる。考えてみれば、どこにも満足な食糧はない中で、サバニの完成、そして出発まで至ること自体が〝あり得ないこと〟だった。

船大工の岡本と、工兵隊の三人の踏ん張り、そして皆の懸命の作業によって成し遂げられたのだ。しかし、完成が近づくにつれ、人々の議論が凄まじいものになった案件があった。

行き先である。

助けを呼びにいくにしても、「台湾に向かうべき」という人々と、「行き先は石垣島」という人々で真っ二つに割れたのだ。

魚釣島から石垣島までおよそ百七十キロ。台湾までも、ほぼ変わらない。ここで、どちらにするかで、激しい議論が交わされたのである。

いつのまにか島では、疎開者や軍関係など、それぞれのグループごとに明確ではないものの〝集団〟ができていた。

行き先について、全体の話し合いがもたれたのは、サバニが完成する二、三日前だっただろうか。

この場に水軍隊を代表して参加したのは、金城珍吉と見里雄吉、それに上原亀太郎の三人だった。疎開者を代表してやってきた人数のほうが、自分たち水軍隊より「多かった」と珍吉は記憶している。

　こうして「全体協議」が開かれた。

「ここからは台湾のほうが行きやすい。台湾の方が辿りつく可能性は高いと思う」

　疎開者たちは、自分たちの意見をまとめた上で、そう提案してきた。

「石垣島に向かえば、敵機に遭遇する恐れも絶対に大きいですよ」

　彼らは、そう付け加えた。

　たしかに米軍機の動向は、大きな決定要素である。

　疎開者の中にも、海で仕事をしている人間もいた。そういう人には、石垣島の「遠さ」が肌でわかるのである。

　話をつづけていくうちに、この会合は、単に「行き先」だけでなく、実際にサバニに乗っていく「メンバー」を決定するものであることに、それぞれが気づいた。

　台湾行きの主張が疎開者側の大勢を占めていた。しかし、そのことに異を唱えた人物がいた。

　金城珍吉、その人である。

「ちょっと待ってください」

　話の流れを遮《さえぎ》るように珍吉が口を開いた。

「問題は、この夏の海流です」

東シナ海、南シナ海を股にかけた珍吉は、そう言った。

「台湾に向かうと、この舟の大きさだと海流が怖いですね」

そう前置きして珍吉は言った。

「ここから台湾に向かえば、右にまわりながら東、つまり台湾と逆の方向に行く海流とぶつかると思います。そうなると小さなサバニでは、そこを抜けられない可能性が出てきます」

すかさず疎開者の中から質問が飛んだ。

「黒潮なら、もう少し南の方を通っているから、それとはぶつからないのではないですか……」

さすがに、それぞれが海に対して一家言ある。自信も相当なものだ。だが、珍吉はこう言った。

「たしかに黒潮はもっと南のところから東に折れていきます。私が言っているのは、黒潮から派生したものなど、もっと別の海流なんです。潮流といったほうがいいかもしれません」

ほう……そんな声が洩《も》れたような気がした。

珍吉は「黒潮」をその目で見たことがある。

黒潮は、文字どおり「黒い」。海の中を黒い塊がとぐろを巻くようにまわっていく奔流のようなものだ。

珍吉は、海中を流れるその黒潮を何度も目撃している。いや、八重山、東シナ海を股にかける海の男たちで「黒潮」をその目で見ていなければ、とても一人前とはいえなかった。

「私は、石垣島に辿りつくほうが可能性としては高いと思います。石垣島に向かっていっても、やはり潮流、海流に苦戦するでしょう。しかし、そっちに向かった場合は、たとえサバニが流されても、宮古島には辿りつける感じでいくと思うんですよ」

珍吉は、海流の影響はどちらに向かっても受ける、と言った。しかし、石垣島に向かった場合は、流されたとしても「宮古島に辿りつく」というのである。

宮古島は石垣島の北東およそ百三十キロのところにある島である。当時、人口は五万二千人ほどで、宮古諸島の中心だ。

(なるほど、そうか……)

疎開者たちは、自分たちの結論を決めて話し合いに臨んでいたが、珍吉の理路整然とした話に反論がむつかしくなった。

まして、珍吉は第五千早丸から第一千早丸まで泳ぎつき、機銃掃射でまったく動かなくなったエンジンを直して、自分たちの「命を救った恩人」である。

海の男としての実力は、助けられた全員が承知し、そして、感謝している。

「明日、もう一度、話し合いましょう」

誰ともなく、疎開者の側からそんな提案が出た。この場に参加していない人に相談もしたかったのだろう。

「わかりました。では明日、また話し合いましょう」

結論が出ないまま、一度、この重大な話し合いは〝お開き〟となった。

## メンバーは決まった

「私たちはよく話し合ってきましたよ」

翌日の話し合いは、冒頭から疎開者のその言葉で始まった。

（…………）

珍吉たちは、疎開者たちの出方を待った。

「石垣島に向かいましょう。金城機関長がおっしゃるなら、そのとおりだろう、ということになりました」

そう言ったのである。

こうして、行き先は「石垣島」に決定した。

だが、疎開者の代表は、つづけてこう言った。

「やはり、水軍隊の人たちでなければ、とても荒波を越えていくのは、無理だと思いました。金城機関長のお話を聞いて、そう思いましたよ」

つまり、「決死隊」のメンバーは「水軍隊で」というわけだ。

（やはり、こうなったか……）

珍吉は、もう「自分が行かなければならない」ことを覚悟していた。昨日、あれだけ海流をはじめ、さまざまなことを説明した自分が「私は行けませんから」などと言えるはずはなかった。

この地獄のような一か月。珍吉も下痢や原因不明の熱、あるいは、栄養失調に起因するような体調不良に襲われてきた。

しかし、まだ二十六歳の若さである。自分より年かさの人間に、この決死隊を譲るような卑《ひ》怯《きょう》なことはできない。

島を出れば、命を落とす可能性はかなりある。いや、可能性からいえば、そのほうがはるかに高いだろう。

（これは、死ににいくようなものだな）

珍吉はそう思った。

これが俺の人生だった、ということである。どうせ捨てる命なら、華々しく他人の役に立った上で死のう。

そう思うと珍吉は、すーっと胸が楽になった。

八月十二日午後五時。出発の時は来た。

決死隊のメンバーは、トップの山内巌《いわお》軍曹以外、事実上、珍吉が選ぶ形になった。山内は「俺が行かなければならない」と、自ら決死隊に志願した責任感の強い男だった。

そして、二十六歳の金城珍吉、二十一歳の上原亀太郎、十八歳の栄野川盛長、同じく十八歳の伊礼良精と伊礼正徳、さらに十九歳の見里清吉、十七歳の見里雄吉兄弟の計八名である。

全員、「衰弱がない」わけではなかった。食糧が枯渇する中で、もとが頑健な肉体だけに〝病人〟のような状態には「なっていなかった」というだけである。

もう、彼らに頼るしかなかった。珍吉は、「この男たちでだめなら仕方がない」と思った。いずれも一騎当千の海の男たちだった。

男も、女も、みな船着場で祈るような気持ちで立っていた。八人は、「神さま」か「仏さま」である。

自分たちを、もし「生」へと導いてくれるなら、彼らは「菩薩《ぼさつ》」に違いない。米軍機による攻撃、無人島での過酷なサバイバル、食糧難の中で飢え死にしてたまるか、との気迫で挑んだ絶海の孤島での一か月半――。

思えば、ここまでよく生き抜いたものである。

決死隊は、それぞれが髪と爪《つめ》を切った。

これを紙に包み、名前と住所を書いた。一体、誰が助かるのか、神さま以外わからない。ひょっとしたら、島に残る誰かが「生きて帰る」かもしれない。

とにかく誰か生き残れば、家族やゆかりのものにこの遺髪と爪を届けてほしい。たとえ肉体は消え失せても、遺髪と爪を先祖と一緒の墓に納めてほしい。

生と死をかけて大海原に漕ぎ出す男たちの、それが、ささやかな望みだった。

決死隊の面々にも、それを見送る側にも、さまざまな思いが去来していた。

## 縁起物のカリーの着物

その時だった。

「みなさん！」

突然、一人の婦人が決死隊の前に〝何か〟を持って出てきた。

花木芳だった。かの花木写真館を実質的に切りまわしている女主人だ。五人の子供を連れ、日々の食糧に苦戦しながら、気丈に生き抜いてきた女傑だ。

この島でも、婦人たちをまとめ、帆づくりにも力を発揮し、見事にサバニ造りに貢献した人だった。

（なに……？）

子供たちを守りながら、圧倒的な存在感があった花木芳のことを、もちろん珍吉も知っていた。

その芳が、何かを訴えようとしていた。

一同は静まり返った。

「なんとしても、石垣島に辿りついてください！」

芳は、そう言うと、手に持っていたものを皆に示した。

赤い着物のようなものだった。

「カリー」である。沖縄や八重山諸島では「カリー」という名で知られる〝打ち掛け〟がある。内地では、花嫁が結婚式の際に上から羽織《はお》る、あの〝打ち掛け〟のようなものを想像すればいい。

沖縄や八重山では、長寿のお祝いのときに必ず着せてもらう独特のものだ。もちろん、珍吉ら男たちも、八重山の人間なら誰でも知っている。

「これは、祖母が米寿のお祝いのときに着た〝縁起物〟のカリーです」

芳は、そう言った。

だが、次の言葉は一同を仰天させた。

「この縁起物を鉢巻にして、どうか皆さん……石垣島に……なんとしても辿りついてください」

芳は、そう言うと、その真っ赤なカリーを引き裂き始めた。

ビリッ、ビリッ……、ビリッ、ビリッ……

「えっ！」

思わず声を上げた疎開者もいた。皆の目の前で、見事な赤いカリーが、それぞれ「布」と化していったのだ。

芳の鬼気迫る、凄まじい形相に誰もが言葉を失った。

このとき、芳の五人の子供のうち、下の三人が「食べるものを何も受けつけない」ほどの状態になっていた。身体がそこまで衰弱しきっていたのである。

もう手遅れかもしれない。

しかし、決死隊が救出隊を呼ぶことに成功すれば、ひょっとしたら「生」をつなぐ可能性もあるかもしれない。

芳は一縷《いちる》の望みに賭けていた。

それだけに「なんとしても」石垣島に辿りついてほしかったのだ。

芳には、母としてのその思いだけでなく、決死隊に対するかぎりない「感謝」があった。

命を失う可能性が極めて高い決死隊などに、進んで志願したい人間などいないだろう。

しかし、彼らは敢えて「決死隊」となって、命をかけて困難な事業に挑もうとしていた。そのことがありがたくて仕方なかったのである。

四十歳となった自分から見れば、子供とまではいかないが、それに近い愛《いと》おしい青年たちである。

途中で死んだなら、母親はどれほど哀しむだろう。

そのことが芳の頭にあった。自分の子供たちを助けてもらうために決死隊の若者は荒波へ漕ぎ出していく。

おかげで私の子供は助かりました、しかし、あなたの子供はそのために亡くなりました——。

そんなことを母親に言えるはずはない。そのことが頭をかすめると、芳の身体をありがたさが幾重にも包み込んだのである。

ちょうど鉢巻にできる大きさに破った芳は、ひとりひとりに、

「なんとしても……よろしくお願いします……」

そう声をかけながら渡していった。

珍吉も、もちろん、受け取った。

「これは、祖母が米寿のお祝いに着た縁起物のカリーです。これを鉢巻にしてくれれば、きっと……」

珍吉はその言葉を反芻していた。とてつもない勇気をもらった気がした。

絶対に使命を果たしてみせる——。もともと漲《みなぎ》るような気迫と使命感の決死隊に、新たな「精神棒」が注入されたような気がした。

いける、いってみせる、と。

最後に芳は、今までの鉢巻用とは、一角大きさの違う赤い長襦袢《ながじゅばん》を山内軍曹に差し出した。

「これは、帆の先に括りつけてください。私たちも一緒に乗っていますから」

そう芳は言った。マストの先につけてください、私たちもこれで一緒に、ということである。

「はい」

山内は芳から受け取ると、帆を張っているマストのてっぺんに括りつけた。

吹き抜ける強い風に赤い「旗印」は、バタバタと音を立てた。

花木写真館の祖母の米寿の祝いの「赤い旗」が決死隊の勇気を奮い立たせるように千切れん

ばかりに、はためいていた。

「よし、いくぞ！」

感慨に浸《ひた》る余裕はなかった。

旗を見上げた決死隊は、それぞれが真っ赤な鉢巻を額にぎゅっと締めた。そして、ひとりひとり、ゆっくりと乗り込んでいった。

気がつくと、見送る人々の手は、それぞれの胸の前にあった。人々は、まったく無意識に、彼らを「拝んで」いたのである。

祈るような気持ち、とは、まさにこのことである。

いよいよ出発だった。

そのとき人々は、自然にある歌を口ずさみ始めた。海に漕ぎ出す無事を祈る八重山民謡のひとつである。

歌詞のなかに「めでたい」「縁起がいい」という意味を表わす「かりゆし（嘉利吉）」が入っているために八重山の人々は、この歌をただ「かりゆし」と呼んだ。

海原に漕ぎ出す人々をまさに「無事に目的地に着く」よう祈る歌である。人々の拝んでいた手は、いつしか手拍子に変わった。

嘉利吉《カリユシ》　舟《フニ》ぬ
今日《キユイ》出でぃ　ヤウ
ひゃんさ　飛《トゥ》びゆる　如《グトゥ》に
走《ハ》ゆる　嬉《ウリ》しゃ
（今日の船の出航は、軽く空を飛ぶような走りでうれしいことよ）

嘉利吉　舟や
飛び　出でぃてぃ
後見《アトミ》りば　美風《ミカジ》
押《ウ》しゅる　如　嬉しゃ
（飛び出るように出航した船が後を見れば、追い風受けて走ることのうれしさよ）

嘉利吉　道《ミツィ》に
絹《イチュ》はゆてぃ
絹ぬ上《ウイ》から
走《ハ》ゆる事《クトゥ》ぬ　嬉しゃ
（船の航海は、絹を敷きつめたような凪《なぎ》で安全に走るうれしさよ）

哀愁を帯びたメロディである。この歌には、八重山の人でなければわからない独特の「祈り」と「願い」があった。

赤い旗印のサバニの八人の乗組員の額には、真っ赤な鉢巻がきりりと締められていた。人々の運命は、彼らの肩にかかっていた。

皆、泣いていた。

決死の覚悟で漕ぎ出していった男たち。できることは何もないが、しかし、祈ることだけはできる。

無事でいて欲しい。万難を排して石垣島に辿りついて欲しい。

さまざまな思いが去来した人々の頬を、溢れる涙がいつまでも伝っていた。

# 第九章　奇跡ふたたび

## 現われた米軍機

心に残る「かりゆし」が聴こえなくなった。

やがて耳に入ってくるのは、

「イチ、ニ、イチ、ニ……、イチ、ニ、イチ、ニ……」

そんな櫂を漕ぐ掛け声だけである。

東シナ海の特徴は、真っ青な海面と波の荒さだ。

透明度の高さでも知られるが、沿岸の島々で観られる穏やかなエメラルドグリーンの海や、深みのある瑠璃《るり》色の海などを想像していると、

「えっ、これが東シナ海なの？」

と、荒々しさに仰天してしまうだろう。

慶良間《けらま》諸島や宮古島、あるいは石垣島から見る鮮やかでコントラストのある穏やかな海とは〝異質〟の海がそこにはある。

だが、東シナ海のど真ん中の「青さ」だけは、なにものにも代えがたい。

灼熱の陽光が照りつける中、男たちは荒波に挑みつづけていた。

「百七十二人の命が俺たちの肩にかかっている。とにかく漕ぐんだ。漕いで漕いで、漕ぎまくれ。俺たちがみんなの命を救うんだ！」

最年長の山内軍曹は責任感の塊のような男だった。

珍吉たちは「百七十二人」という人数を初めて聞いた。もちろん、正確な数かどうかもわからない。

しかし、おかげで、それだけの大人数の命がかかっている、ということが具体的に頭に刻み込まれたのはたしかだった。

「とにかく漕げ」

「漕ぐんだ。皆の命がかかっている」

決死隊は、山内の言葉が耳から離れなかった。

夜のとばりが下りても、彼らは漕いでいた。風が強くなってきた。

「追い風だ」

誰かが言った。

（これは運がいい……）

珍吉は思った。帆が大きく風を受けるのを珍吉はその目で確かめた。

「夜のうちにできるだけ進みましょう」

これなら相当進める——海の男たちはそう考えていた。

追い風なら、交代で仮眠もとれるぞ、と思った。

北西の順風は、夜中になっても、なかなか収まらなかった。雲もなく、月の光がキラキラと海面に反射していた。きれいな夜だった。

サバニは、鏡のような東シナ海を一晩中すべるように走った。

それぞれの手が握る櫂も順調だった。少しだけ仮眠をとる者、黙々と櫂を漕ぐ者……サバニは大海原の上を着実に石垣島に向けてひた走った。

出発のとき人々からもらった力のおかげだ。口にはせずとも、全員がそう考えていたに違いない。それほど人々の見送りはありがたかった。

（もし、石垣島に到達できるとするなら、それはこの最初の夜のおかげだな……）

珍吉はそんなことを考えながら、漕ぎまくった。

やがて八月十三日の夜は明けた。

腹が減ったら、クバの芯やら、貴重なおにぎりも、口にした。

水を呑むのも、何かを食べるのも、それぞれに任せられていた。一斉に食べて、そのときに舟のスピードが落ちるということは避けたかったのだ。また、そんな甘い漕ぎ方で、辿りつく距離ではなかった。

最初の夜に、五十キロでも、七十キロでも稼いでおくべきだ。それは、皆の共通の思いだった。

灼熱の東シナ海で、ぴたりと風が止んだのは、夜が完全に明けてからだった。

ほんの少し前までのすべるような舟の速さが嘘のようだった。いわゆる〝ベタ凪〟である。

珍吉はすぐに、

「帆を下ろして、ひたすら漕ぎましょう」

そう提案した。手際よく帆はたたまれた。その時である。

「何か聞こえないか」

誰かがそう言った。その瞬間、全員の漕ぐ手がぴたりと止まった。珍吉はまだ気がついていなかった。

（…………）

全員が耳を澄ました。

「あっ」

今度は、全員にわかった。たしかに航空機の音がする。

まだ目視はできない。だが、航空機の音であることは間違いなかった。

「ひっくり返せ！」

山内軍曹の声が上がった。

もし、敵機に遭遇するようなことがあれば、即座にサバニをひっくり返す。そのことは、あらかじめ打ち合わせてあった。

サバニはひっくり返せば、上空から見るかぎり、ただの流木である。高いところから、陽光に反射する蒼い海原を見ている敵機が、ひっくり返っているサバニを銃撃してくることなど、考えられない。

よほど熱心に海原を凝視しているパイロットでなければあり得ないだろう。だから、「先に敵の気配に気づけばいい」のである。

幸いに風がぴたりと止んだために、帆は直前にたたんでいた。これも、神の思《おぼ》し召しに違いない。

山内軍曹が声を上げて、数秒のうちにサバニは見事にひっくり返されていた。

八人は海に潜った。見事な速さだった。

それぞれがサバニの下にもぐり込んだのである。

見つかっているなら殺《や》られる。だんだん飛行機の音が近づいてきた。日本軍が完全に制空権を失っているために、聞こえる航空音は、残念ながらすべて「敵機」のものだ。

息を凝《こ》らした。海面に浮くサバニの空洞部分に頭を寄せ合う男たちは、互いの目をじっと見ていた。黙って目を瞑っているのもいる。

もうとっくに全員が覚悟を決めている。

時間がやけに長く感じた。やがて航空機の音は、去っていった。

(助かった……)

米軍機に発見されることはなかったのである。

全員で、今度は逆にサバニをひっくり返した。

ひとり、またひとり、ずぶ濡れの男たちがサバニに上がってきた。

「あれっ」

誰かが声を上げた。

「水筒がない」

「あっ、俺も……服がない」

水筒や脱いでいた服が消えていた。流されていったか、海の底に沈んでいったのか……いずれにしても、舟のなかにあったものがいくつも消えていた。

船底にクギで打ちつけていた羅針盤だけは、無事だった。

「羅針盤はあるぞ」

その声を聞いて珍吉はほっとした。羅針盤さえあれば、方角がわかる。少なくとも、石垣島に近づいているのか、それともまったく違う方向に向かっているのか、それが確かめられる。

「弁当箱が流された」

「俺もだ」

弁当箱が「消えた」者もいた。惜しいことだが、ひとり一個ずつもらったおにぎりは、全員がとっくに食べていたので、これは惜しくなかった。

先に食べておいて、よかった……

過酷な戦いは、これからが本番だ。少なくとも、心のこもったおにぎりが腹の中にすでに収まっていることが嬉しかった。

## 二度目、三度目の襲来

だが、安心するのは早かった。それから二時間も経たないうちに、また航空機の音が聞こえてきた。

正確にいえば、それ以前にも、音に敏感になっている彼らは、

「また来た！」

あるいは、

「あれ、違うか」

と、そんなことが度々あった。しかし、それらは「そら耳」だった。

しかし、今度は本当だ。何人かが一斉に、

「来た！」

と声を上げたのだ。

山内軍曹の指示が飛ぶ前に、もうサバニはひっくり返されていた。

珍吉は、たとえ、ひとりでも誰かが辿りつけばいい、何があっても、ひとりだけは辿りつかねばならないと思っていた。実際、舟の中ではそのことを徹底させていた。

「ひとりになっても、とにかく辿りつこう。絶対に」

珍吉も、そう皆に言い続けていたのである。

今回は、全員がサバニの下にもぐり込むのではなく、半分は散らばった。まず海に潜り、時々、息を吸いに顔を出すのである。

次はこうしようと決めていたわけではない。自然にそうなったのだ。

上空から見れば、青い大海原に人の顔が浮かんできても、認識できる人間などいない。しかも、波の間である。

(絶対、飛行機からは見えない……)

その確信があった。

しかし、「死ぬかもしれない」という思いは当然、あった。

自分たちの遥か上を米軍機が飛んでいた。珍吉も波間から顔を出し、米軍機をその目で見て、音を聞いた。

（大丈夫だ……行ってしまった……）

またしても、危機を脱した。神経が研《と》ぎ澄まされた決死隊は、米軍機の微かな音の段階で、敵の存在をキャッチできる自信を得た。

向こうが「先に発見する」ということはあり得なかった。そう思っていた。


だが、三回目は違った。

米軍機が、これまでとはまるで異なる「低空」でやってきたのである。

「来た！」

誰かがそう言った瞬間、今度も、サバニはひっくり返された。しかし、敵機の音が、これまでのものとはまったく違っていた。

それまでの「遥かかなた」から聞こえるものではなく、言ってみれば、大きな船舶同士が汽笛を鳴らし合うような「独特の響き」の延長線にあるような音だったのだ。

違いは、「高度」の差にほかならなかった。

低空から聞こえるものは、遠くの上空から聞こえるものより、音そのものが「低く」「重く」伝わってくる。普段、自分たちが聞いているリアルな音に近い。

今回の音は、そんな種類のものだった。

今度ばかりは「見つかった」かもしれなかった。近づいてくる音に気づくのが一瞬、遅れたのだ。すでに敵のパイロットに目視されているかもしれないと思った。

(見つかった……最後だ)

絶望的な思いに珍吉たちはとらわれた。

こわばった顔のまま、皆、物音ひとつ立てなかった。

ゴーーーーー
これまでとは違う敵機の音だった。すぐ上を飛んでいるような気がした。

だが、敵機はそのまま通り過ぎていった。

(なに？　撃たないのか)

それぞれが顔を見合わせた。米軍は、機銃掃射することなく、そのまま飛び去ったのだ。

なぜ？　珍吉たちにはわからなかった。

みな胸を撫で下ろした。

浮かび上がった面々は、サバニをもとのようにひっくり返した。もはや慣れたものである。

(やつらは、八重山のほうに向かっているぞ)

そのことに気づいたのは、珍吉だった。

「羅針盤を見てみろ！」

間違いない。自分たちが向かっている方向に、米軍機はまっすぐ飛んでいった。

(やつらは石垣島に行った……)

（間違いない。俺たちの針路は正しい。米軍機が向かっている先は石垣島だ）

珍吉たちに、なぜか勇気が湧き出てきた。

理由はわからない。だが、米軍機がそっちに向かっているだけで、

「石垣島は近い」

と思えたのである。皆で、舟の水を掻《か》き出した。必死だった。

（行けるぞ。俺たちは辿りつけるぞ！）

海水を汲み、外に捨てながら、それぞれの思いは同じだった。最初は、頭の半分は、

「石垣島に〝届く〟はずがない。奇跡でも起こらないかぎり無理だ」

本音は、そうだった。だが、度重なる米軍機の遭遇にもかかわらず、自分たちは生きている。

特に、三回目の遭遇は敵も自分たちを〝目視〟していたはずだ。それでも、俺たちは生きている。

これは、どういうことだ。

神さまが俺たちの「石垣島への道」を守ってくれている――そうとしか考えることはできなかった。

行くぞ！　とっくに肉体は限界に達している。しかし、使命感と責任感に満ちた若き男たちは、米軍機が機銃掃射しなかったことで、はかり知れない勇気が新たに湧き起こったのである。

『尖閣列島遭難記』には、金城珍吉自身の手で、このときのことがこう描写されている。

〈ちょうど三度目の時、敵機が低空でやってきた。あわてて舟を返したが、隠れるのも間に合わずもう最後だと諦めた。

みんな、緊張した顔で物音一つしない。珍しいことには敵機は機銃もせず、そのまま通り過ぎて行った。

みんなほっとした。必要な道具はひもで船にくくりつけてあるから心配ない。さっそく羅針儀を引き上げてみたら、自分らのコースと同じ方向に飛んでいるあの飛行機は間違いなく石垣島に向かっている。

みんなは舟の水を汲み捨て漕いだ。やがて石垣島が見えるはずだ〉

決死隊は、また猛然と漕ぎ始めた。

どこからこれほどの力が出てくるのだろう。自分たちにもわからなかった。しかし、不思議な力が自分たちを導いているような気がしていた。


**「見えた！　あれは於茂登岳だ」**


二度目の夜が来た。

決死隊は、漕ぎつづけていた。一日目のような追い風は望むべくもなかった。ベタ凪とまでは言わないが、あの一日目の夜のすべるような帆走《はんそう》はとてもできなかった。

しかし、男たちの掛け声は続いた。

「ヨイショ！　ヨイショ！」

「ヨイショ！　ヨイショ！」

執念だけが、櫂を握らせていた。どこにこれほどの気力が存在するのか。もはや説明も不可能だった。

女性たちが持たせてくれたおにぎりはとうになく、舟に括りつけてあった背嚢《はいのう》の中にあるクバの芯をかじるか、あとは水でごまかすしかなかった。その食糧もほとんど流されていた。

さらに、体力の限界に合わせ、胃腸が変調を来たしていた。

ほぼ全員、下痢状態になっていた。それぞれが舟のへりに掴まって、お尻を海面につけるかつけないかの格好で、用を足した。

いま、用を足した人間が、また行っている。「おい、大丈夫か」という声さえ誰もかけられなくなっていた。もはや、幽霊船である。

やがて掛け声も聞こえなくなった。声を出す「体力」を失ってしまったのである。覚醒したような半分、夢の中で、ただ「ヨイショ、ヨイショ、ヨイショ、ヨイショ……」と反芻しているのである。

漕ぎながら、意識を失っているものもいた。意識をなくしても、腕は櫂を漕いでいる。あり得ない光景だった。

二度目の夜が明けた。

だが、何も見えなかった。

（まだ着かないのか……）

（ひょっとして、俺たちはコースから外れたのか）

おぼろげながら、そんなことを考えていた。

照りつける太陽は、容赦なく決死隊の体力をさらに奪っていった。それでも、男たちは漕ぐ手を止めなかった。

ついに真水も尽きた。

食べるものも、真水もなくなった。いつのまにか、帆先につけていた縁起のいい赤い旗印も、それぞれが額につけていた真っ赤な鉢巻も消えてなくなっていた。出発したときにあったほとんどのものが舟から〝消えて〟いたのである。

それでも、全員の命だけは、まだあった。彼らは、度々、気を失いそうになると、舟のへりに手をかけ、海に浸《つ》かった。

〝水〟を補給するためである。

別に海の水を飲むわけではない。もちろん口に入ってきた海水をそのまま飲むこともある。

しかし、全身を海に浸ければ、皮膚から水分と塩分が吸収される。海の男たちは、そのことを知っていた。

それは、科学的に証明されたものではない。それでも、海に入れば、少しでも渇きが癒《いや》され、さらに皮膚から体内に水分が入っていくと、当時の八重山の海の男たちは経験から信じていたのである。

まるで「骸骨《がいこつ》」がサバニを漕いでいるという不気味な光景だった。男たちの執念だけが舟を「前に」進めていた。

そのときである。

「あれは……なんだ」

誰かが、出ないはずの声を必死で絞り出した。

出発して二日後の午後。それは灼熱の午後二時頃だっただろうか。

ますます容赦ない夏の日差しの中で、行く手の前方に雲の間から高い山がふたつ見えたのである。

「あれは於茂登岳じゃないか」

そんな声が聞こえた。

「えっ！」

顔を見合わせた。

たしかにそうだ。そうに違いない。

潮流に流され、宮古島のほうに来ていたとしたら、宮古島には「高い山」はない。だから宮古島でないことは確かだ。

するると……

「間違いない。あれは、於茂登岳だ」

山内軍曹はそう言った。沖縄全体でも最高の標高五百二十六メートルを誇る於茂登岳に違いなかった。山内軍曹は二十代の自分たちとは違って、体力がもはや残っているはずはなかった。

それでも、山内軍曹が「於茂登岳だ」とはっきり言ったのである。

「やったあ」

「ほんとか！」

「ついに……」

決死隊は声なき声を上げた。その瞬間、ひもじさも、苦しさも、すべて吹き飛んだ。

死んだような目をしていた男たちの目が輝きだした。

「いくぞ！」

「おう！」

男たちの漕ぐ腕にも、力が戻ってきた。

それからは、さらに無我夢中だった。だが、視界に捉えた於茂登岳は、漕いでも漕いでも近づいてこなかった。

決死隊には、人間というものの存在の小ささがわかった。

たとえ姿を視認できても、その物体との距離は想像を絶するほど「遠い」のである。そんなことは、もとより海の男たちは知っていた。それなのに、普段の正常な思考ではなくなっていたのだろう。目標の場所との距離が全くわからなくなっていた。

それでも男たちの気力は衰えなかった。

決死隊は、なにもかも忘れて、漕ぎつづけたのである。

下痢は体内の水分を奪う。そのうえ真水もない。生きているのが不思議である。それでも、

「なんとしても、命を救う」

その気力だけが、サバニを石垣島に近づけていた。

(三日目の夜は、もうもたない……)

そのことだけは、皆にわかっていた。さすがに限界に達した体力が、もう一晩の猶予を自分に与えてくれるはずがないことは、誰もが知っていた。

日の入りが刻々と迫る中、近づいてきた懐かしい故郷・石垣島は巨象のように大きな姿を決死隊の前に見せてきた。

石垣島の北西部にある「底地湾《すくじ》」が見えてきた。川平《かびら》湾の西方にあたるこの湾は遠浅の海岸で、透き通ったエメラルドグリーンとブルーの海面が特徴的な天国のような場所である。

「もうひと息！　もうひと息！」

遠くで山内軍曹の叱咤《しった》が聞こえているような気がした。

しかし、珍吉には、首をまわして、それを確かめる余裕さえなかった。ただ櫂を漕ぐだけだった。

ついに崎枝《さきえだ》湾を囲う川平半島と御神崎《うがんざき》の間をサバニが入ってきた。

しかし、決死隊のほとんどがそのことを認識できていなかった。

（もうすぐ……もうすぐ……）

夢うつつで、彼らは、ただ漕ぎつづけていた。

## 奇跡は起こった

ガガガガガ……

そのときだった。

大きな音を立てて、サバニが停まった。

（なに？）

珍吉たちは、われに返った。

信じられなかった。すぐ向こうに浜辺が見えた。その先には、林が……

（えっ、着いたのか？）

何人かが声を上げた。

石垣島だった。遠浅の石垣島の底地湾で、サバニは舟底を海中の浅い砂浜に「乗り上げた」のである。信じられなかった。

「着いた。着いたぞ！」

叫んでいるのは、山内軍曹だと思うが、定かではない。

とにかく、誰かが叫んでいた。

やった。やったぞ！

隣同士で決死隊は互いに抱き合った。だが、もう「歩く」力が残っていなかった。

サバニの舟底がつくぐらいの、つまり、膝までぐらいしかないその遠浅の海を珍吉たちは「歩いて」上陸することができなかった。

彼らは必死で舟から転がり落ち、「這った」のである。顔と身体を海水に浸けながら、やっと決死隊は石垣島に「這って」上陸した。

誰かが「バンザイ」と叫んだかもしれないが、これも、定かではない。なにかを叫ぶ気力と体力は、珍吉にはどこにも残っていなかった。

とにかく「辿りついた」――それだけは確かだった。

やがて、知らせは、独立混成第四十五旅団に届いた。

まさに驚愕というほかなかった。すでに消息を絶って三週間あまりが経過した「七月三十日」に、独立混成第四十五旅団は「宮崎武之旅団長」名で水軍隊に対して「賞詞」を出している。

軍人にとって「賞詞」は、まさに誉《ほま》れである。水軍隊の「壊滅」が確実になったとき、軍は〝戦死者〟を讃え、この賞詞を贈ったのである。

だが、その戦死したはずの男たちが「生きて」いた——。あり得ないことだった。

旅団は、ただちに台湾航空隊へと連絡し、八月十五日に友軍機が魚釣島の上空に飛来し、食糧を投下した。

魚釣島に石垣島から救助船が来たのは、八月十八日早朝のことである。

金城珍吉の手になる『尖閣列島遭難記』には、万感の思いが余すところなく綴られている。

〈みんな疲れも忘れて抱き合って喜んだ。本当に石垣島に着いたのか、夢ではないだろうか、いや夢ではない。私らは無事に連絡取れたんだ。疎開者の命が救える。みんなの目からはうれし涙が流れ出て、しばらくは呆然としていた。

それからみんな上陸しようとしたが、誰一人歩ける者はおらず、這って上がった。砂浜を少し上ったところにバンジユローの実が実っていた。みんなそれをむさぼり食った。

ようやく腹が満つと歩けるようになり、ふらつく足を踏みしめながら、川平の渡辺部隊にたどり着いた。部隊は群星御岳《ゆぶしぃおん》にあった。

渡辺隊長はとても優しく、無人島からの連絡と聞き、びっくりするやら、よく連絡を取ってくれたとみなの労をねぎらい、食物にも気を配ってくださった。隊長はさっそく旅団に連絡さ

れ、凶報は電撃のように伝わった〉
珍吉はこの知らせを〈凶報〉と表現している。生存を知らせるための朗報であるはずなのに、多くの犠牲者を生んだことは、珍吉たちにとって〈凶報〉にほかならなかった。
台湾へ疎開させる役割を負った自分たちが、その使命を果たせなかったのである。強烈な使命感を持っている男たちならではの言葉だった。
生存者が帰ってきたという報は、島中に電撃のごとく伝わった。だが、その時点では生存者がどのくらい居て、死者はどうなっているかなど、まったくわかっていなかった。

〈私の父もその知らせを受け、池原信正君の父と二人、夜通しで馬車で面会に来てくれた。二人は来る途中、どこの子供が助かっているかわからないけれど、もしものことがあっても嘆かないようにしようとの相談で来たらしいが、池原君は第五千早丸の船員で、船長室の前で機銃を受け、そのまま海に落ちたとのことであった。

父らは面会されて急ぎ帰られた。帰る途中に池原君の父の嘆き悲しみは慰めるすべもなかったと、父は後で話されておられた。

十五日には飛行機からの連絡と食糧投下がなされ、それで初めて決死隊の連絡の成功が分かったらしい。十七日には三隻の救助船が出され、八月十九日には百二十名余の疎開者が無事救助されて帰ってきた。

疎開者の数はみんなで百八十余と聞く。思えば魚釣島を出発して五十時間余。およそ百七十キロメートルの生死をかけた長い苦しい連絡のコースであった。もし力及ばず連絡が取れなかったとしたら、百二十名余の疎開者は無人島の土となっておったことだろう。

ただ神の加護に感謝し、二度と戦争の起こらないことを信じ、忘れさることのできない思い出を閉じる〉

珍吉の『尖閣列島遭難記』は、神のご加護に感謝することと、二度と戦争が起こらないことへの願いを込めて閉じられている。

戦争体験の手記にありがちな大袈裟な表現もなく、淡々と事実だけを描写した稀なる「独白記」だった。


それから七十七年が経過した令和四年十一月二十六日、七十歳となった珍吉の四男、金城珍章の自家用車に乗って、私は運命の「底地湾」にやって来た。

父・珍吉は平成十四年に八十三歳の生涯を閉じた。きょうだいの中で珍吉は、珍章に最も多くの昔話をしている。その珍章が、

「親父たちが上陸した底地湾に行ってみましょう」

決死隊が辿りついた石垣島の底地湾には、今も変わらず青い海原が広がっている（筆者撮影）

そう言って、私をわざわざ案内してくれたのである。

石垣市内から北上し、世界遺産ともなっている石垣島きっての人気スポット「川平湾」から西に向かえば車で十分もかからない。

車から降り、林の向こうから波の音が聞こえてきた。石垣独特の潮の匂いが鼻腔をくすぐった。

林は海まで二十メートルほどしかない細長いものだ。

すぐ、私は浜辺に辿りついた。

「ここです」

珍章はそう私に告げた。

決死隊が辿りつき、百二十人余の命を救った、まさにその場所が目の前に広がっていた。

浜から近いエメラルドグリーンの遠浅の海と、その先のブルーの海面とのコントラストが見事だった。噂に聞く石垣島の「海のグラデーション」である。

言葉もなく、私が立ち尽くしていると、珍章がこう語った。

「親父は、ここに辿りついたとき、もう足腰が立たなかったそうです。みんなそうだったようですよ。皆の命を助けるという使命が果たせたことで、全員が倒れ伏したと言っていました。そのうち、立ち上がれるものが、このあたりにある果物というか、木の実をとってきて、それぞれに食べさせたそうです。

やっと起き上がれる人間も出てきて、そこから助けを呼びにいくのです。もう決死隊は幽霊のような格好をしていますからね。このまわりには、近くに人家もありません。必死で歩いたんでしょうね。やっと人にめぐり会えて軍に連絡がついたようです。

軍もびっくりしたでしょうね。とっくに〝死んでいる〟と思っていた人間が助けを呼びに来たんですから……」

決死隊の石垣島到着は、「奇跡」以外のなにものでもなかった。

# 第十章　救出船は来た

## 「まさか、本当に……」

まさか……

信じられない光景だった。

昭和二十年八月十五日、魚釣島に遠くから飛行機の音が近づいてきた。

反射的に身を隠す人々。大人も子供も、飛行機の音がすれば、それは敵機に決まっていると思っていた。

地獄の機銃掃射を受けて、多くの命が失われた疎開者たちは、飛行機の音がするだけで震えあがった。

「早く！」

「グズグズするな！」

あっという間に、人々はいろんなところに身を隠し、息を凝らした。

その飛行機は、島の上空にまっすぐ飛んできたかと思うと、ぐるぐる廻りはじめた。

「あっ！」

何人かが同時に声を上げた。

「友軍だ！」

飛行機の翼には、はっきりと真っ赤な日の丸が描かれていた。

「本当か？」

「ホントだ」

「友軍だ！」

その瞬間、いろんなところから人々が出てきた。

身を隠していた人々が、今度は、「おーい」「おーい」と声をかぎりに叫び出した。手を振ったり、また、手拭《てぬぐ》いを振りはじめた人もいる。その場にあったものを何でも手に持って、それぞれが叫びながら、必死で振った。

気づいてくれ！　そんな思いだった。日の丸の友軍機がすぐ上にいる。そのこと自体が「信じられないこと」だったのだ。

そのとき、旋回する飛行機から〝何か〟が落ちてきた。

布袋である。それも、いくつも落ちてくるのだ。人々は駆け寄って、そして袋を覗き込んだ。

乾パンや乾麺《かんめん》、あるいはコンペイ糖などが入っている。餓死寸前の疎開者たちにとって、これほどありがたいものはない。

(助かった……)

貴重な食糧品だった。ついに自分たちがこの絶海の孤島にいることがわかって、友軍が食べものを持ってきてくれたのである。

ということは？　疎開者たちの胸に三日前の光景が浮かんだ。

「かりゆし」を涙で歌いながら送り出した決死隊の姿である。

まさかとは思ったが……決死隊が石垣島に……辿りついたんだ……

そうだ、きっとそうだ。間違いない。

決死隊が本当に石垣島に辿りつき、自分たちの存在を伝えたんだ。そして、とるものもとりあえず、食糧品を魚釣島に飛行機で届ける指示が出されたのだろう。

人々の頭に、そのことが具体的な事実として「像」を結びはじめていた。

(ありがとう)

(救われた……)

涙で顔がぐしゃぐしゃになっている人もいる。ただ呆然として立ち尽くす人もいる。小躍りしている人もいる。

コンペイ糖や乾パンがそれぞれの手のひらに配られた。

そのとき口に含んだコンペイ糖の甘さ……ありがたいその味は、戦後、子や孫にしっかりと伝えられた。

命がつながれた「奇跡」。それは、あのコンペイ糖の味が象徴していた。このときの記憶は、大人たちだけでなく、当時、小さかった子供たちも生涯、大切にしたのである。

「ありがとう！」

「ありがとう！」

人々はそう叫びながら、いつまでも日の丸機に向かって手を振っていた。

## 大人も子供もワーワー泣いた

水平線にポツンと船影が見えた。

二隻、いや三隻だ。まっすぐこっちに向かっている。

昭和二十年八月十八日早朝。飛行機から食糧が投下された三日後のことだ。ついに救出船がやってきたのである。

食糧投下以来、夜も明けぬうちから人々はずっと海を見つづけていた。

（きっと来るに違いない）

そのことに疑いを持つものは、もう誰もいなかった。興奮して眠ることができない人もいた。

彼ら彼女らは毎日、未明からずっと海を見つめていた。

そして、その船が本当に姿を現わしたのだ。

「来た」

「来たぞう！」

島中に轟《とどろ》くような叫び声が海岸から上がった。

船はどんどん近づいてきた。

嬉しかった。頬を涙が伝っていた。大人も、子供、やがて声を上げて泣き出した。

「おーい……おーい！」

「ありがとう！」

そう叫びながら、ほとんどの人が滂沱《ぼうだ》の涙を流していた。

衰弱して足腰が立たない者以外は、全員が住む場所から飛び出していた。このとき、わんわんと声を上げて泣いたことを生涯忘れられない人もいた。

やがて船は、「古賀村」の船着場に到着した。

人々が石垣島を出て、実に「四十九日目」のことだった。

三隻のうちの一隻は内間家の船だった。

「あっ、うちの船だ」

真っ先に気づいたのは、内間グジである。

既述のとおり、グジは、亡くなった夫の忘れ形見である二人の娘と、夫の兄が家長である鰹工場、鰹漁船を経営する兄一家、合わせて八人で疎開船に乗っていた。

グジから見て義兄にあたる内間安助が、自らの船を出して救出にきたのである。遭難の第一報を受けたとき、義兄はきっと家族を含め一族八人の命が失われたことに、はかりしれない衝撃を受けただろう。

しかも、自ら台湾への疎開を勧めただけに、悔やんでも悔やみきれないことだったのだ。その死んだはずの家族たちが生きていた——とるものもとりあえず、義兄は尖閣に向けて船を出してくれたに違いない。

しかし、安助の船をはじめ三隻は、軍によってしっかりと管理されていた。グジは兄の船に近づくこともできなかった。

誰がどの船に乗るかもすべて軍が決めたため、グジたち八人はせっかく尖閣まで来てくれた安助の船に乗ることもできず、別の船に乗せられた。

このときのことをグジは、前掲の『市民の戦時戦後体験記録　第四集』に〈島からの脱出〉と題してこう記述している。

〈(決死隊が出て)三日後の朝方、一機の飛行機が飛来してきました。私たちは敵機の空襲かと思い、岩陰などに隠れて様子をうかがっていましたが、敵機ではなくて友軍機でした。飛行機は荷物を落としただけで去っていきました。

荷物を開けてみると、中にはコンペイ糖とカンパンが入っており、みんなで分けて食べました。このことは、先に石垣島に救助の連絡を取りに行った人たちのおかげだと後で知りました。

翌日《ママ》、救助船が三隻来ました。その中に義兄の船も来ていましたが、命令でその船には乗ることが出来ず、他の船で帰ることになりました。石垣島に帰る途中、また空襲に遭わないものかと、港に着くまでは落ち着きませんでした。

船は石垣港の第四桟橋に着き、わたしたちは新川の家まで歩いて帰りました。家に帰ってくると、隣近所の人たちが「終戦だ、終戦だ。」と騒いでいたことをはっきり覚えています。

わたしたち親子は、出発から戻るまでのまる五十日間、生死をさまよいながらも無事生きて帰ってくることができたのです。しかし、骨と皮のみと言っても過言では無いほど痩せ細り、とくに末の子は救助があと一週間でも遅れていたら、生きてはいなかったでしょう。

あの悪夢のような体験も戦争も二度としたくありません〉

内間グジの長女・サエは前述のとおり、結婚して佐久本姓となり、那覇市で八十八歳となった今も元気に暮らしている。子や孫に囲まれて幸せに暮らすサエは、八十年近く前のことをこう語ってくれた。

「迎えの船が来たときは、私は、まさか、うちの船だとわかっていないんですよ。別の船に乗り込みましたからね。石垣港に着いてから、初めてうちの船ということを知ったんですよ。だから、うちの船に助けられたという意識は全然なかったんです」

国民学校の四年生だったサエは、すでに自分たちの「弔《とむら》い」が終わっていたことを記憶している。

「石垣では、もう私たちのお墓もできていたんですよ。位牌じゃなくてお墓をつくったそうなんです。でも、自分のお墓を見たことはなかったです。見ようとも思わなかったですね」

もともと八人が疎開船に乗ったのは、グジによれば、軍の情報に通じていた安助伯父の勧めによるものである。もちろん、サエはそんなことを知る由もなかった。

「安助伯父は、厳格な感じの人で、私なんかが口をきくようなこともなかったです。怖い感じですよ。船を出してくれたので本当に感謝です。ありがたかったです」

それにしても、疎開船に乗った「八人全員」が生還するというのは、極めて運のいい一家というほかない。

そう私が言うと、サエは、

「内間の先祖は、〝久高島《くだかじま》〟なんですよ」

と、こんな話をしてくれた。久高島は、沖縄本島の東南端にある知念《ちねん》岬からおよそ五キロ東にある周囲がわずか八キロしかない小さな島である。

八重山から行けば、沖縄本島を越えた先にある。

「〝神の島〟と言われている島です。父の兄弟は、兄の安助と父以外は、久高島にいましたからね。

もう私たちの代には、久高島（の親戚）とは、あまり交流がなかったんですが、ずっとイザイホーをやっていた一族なんです」

久高島は、琉球の創世神アマミキヨが天から島に降り立ち、国づくりを始めた「聖地」として知られる。祭祀を司るのは、「ノロ（祝女・神女）」と称される神官であり、女性を守護神とする母性原理の島である。

イザイホーとは、久高島で生まれ育った三十歳以上の既婚女性が「ノロ」になるためのいわば就任の儀礼である。十二年に一度おこなわれる「秘祭」だ。

サエ自身が内間家の女性である。それならば、「ノロ」になっていた可能性もあるのだろうか。久高島には、「男は海人《うみんちゅ》、女は神人《かみんちゅ》」という古くからの言葉が存在するのだそうだ。男は長ずれば「漁師」となり、女は「神女（ノロ）」になるということである。

魚釣島へと辿りついた女性を中心とする内間家の八人がすべて助かった理由は、聖域・久高島と関係する女たちだったことが、少しは関係しているのだろうか。

サエはこう語った。

「イザイホーも、今はもう継ぐ人がいなくて……。あのとき、私たちは疎開しましたが、学徒隊に取られた従兄や安助伯父は石垣島に残ったわけです。石垣では、みんなが総出で出迎えてくれたんですよ」

結局、石垣島に残った側には、「なんの危機もなかった」ことになる。

内間家は、こうして大人数で乗船しながら「ひとりも欠けることなく」石垣島へ全員帰還できた稀有な家族となった。

## 涙に包まれた埠頭

だが、多くの家族がこの遭難事件で大切な家族を失った。

機銃掃射で祖母を亡くした宮良和は、当時、国民学校の六年生。第一千早丸のデッキで米軍機の接近に気づき、デッキから船室に転がり落ちた。その後、餓死者が出る魚釣島の悲惨な遭難生活も乗り切った。

八十九歳になり、ほとんど記憶が薄れてしまいました、と言いながら、こう振り返ってくれた。

「助けの船が来たときは、ああ、魚釣島から出て助けを呼びに行ってくれた人たちが無事に石垣島に着いたんだ、だから迎えにきてくれたんだ、と喜びました……。でも、喜んではいたけど、亡くなったおばあちゃんをどうするのかなあ、と思いました」

たとえ子供でも、自分が「助かる」という喜びとともに、真っ先に頭に浮かんだのは「亡くなったおばあちゃん」のことだったのである。

「おばあちゃんは、もう埋めてありますから……。自分たちだけが帰ったら、おばあちゃんは自分のお墓でもないのに、ここでどうするかなあと……。母はすごく心配だったと思うんです。

私もそうでした」

ご先祖さまのいるところ、つまり先祖の墓に入ることを日本人はなにより大切にする。おばあちゃんも一緒に——という気持ちは理屈では説明できないものだ。しかし、

「遺体はだめだ。身のまわりのものだけを持って、早く乗りなさい」

軍の命令は有無を言わせぬものだった。

それは、そうだろう。土葬された遺体は「いくつあるか」もわからないのである。

目の前にいる痩せさらばえた疎開者たちの姿を見れば、救出が一刻を争うことは誰でもわかる。その姿は「骸骨」そのものなのである。

「早くしなさい」

軍の指示は当然だっただろう。

泣きながら土葬した祖母の遺体を石垣島に連れて帰ることは無理だ。母がこれを諦めた理由を、和も大人になって初めてわかった気がした。

ほかの家族も同じだ。「とにかく早く」と急《せ》かされ、うしろ髪を引かれる思いで、船に乗り込んでいったのである。

和の目に、石垣港の埠頭に集まった人々の姿が目に飛び込んできた。

皆、泣いていた。埠頭に溢れんばかりの人が集まり、そして泣いていた。昭和二十年八月十九日夕刻のことである。

「たくさんの人が迎えに来ていました。もう泣いていますもの。みんなの姿が目に入りました。私たちが降りていくと、泣きながらそれぞれを抱きしめていました」

和たちにも迎えの人がいた。和にとっては、敵の銃弾が太ももを貫通した姉がなんとか無事に帰ってこれたことが、なにより嬉しかった。

「父と兄の用林《ようりん》が迎えに来てくれました。幸子姉の下の長男で私の二つ上です。父と兄は、ただ私たちを抱きしめてくれました。泣きました。涙が止まらなかったですね……」

おいおいと泣く声が満ちた埠頭。異様な空気に包まれた空間だった。

それぞれの家族が〝信じがたい再会〟を喜んだのである。父と兄に、話さなければならないことが山のようにあった。

「その兄も去年（令和三年）亡くなりまして……。とても仲良くして、ずっと可愛がってくれた兄でした。よく兄は私たちが帰ってきたときのことを話してくれました。〝もう、あなたたちは骸骨に皮をくっつけたようなものだったよ……〟と。

私は元々あまり太った人じゃなかったんですよ。もとから痩せていたんです。だから、少しはよかったけど、〝みんな別人だと思った。誰が誰だかわからんかった〟と言っていました。

そこまで姿かたちが変わっていたのかと、思いますよね。みんなもう、よろよろしていたことを思い出します。私の身体も、それから少しずつ、だんだんと戻っていったんです」

喜びの中で驚いたことがあった。和は、それを知ったとき、思わず声を上げてしまった。

「戦争が終わったよ、って言われたんです。〝まさか！　いつよ？〟って私、聞いたんですよ。帰ってきたときは、誰も戦争が終わっているなんて、思ってもみませんでしたからね。えっなぜ？　って……。それは驚きました」

四日前の八月十五日、天皇陛下の玉音放送が流れ、日本は降伏していたのである。

「信じられませんでしたよ。戦争に負けるって思ってもいませんからね。でも、その後も、戦争は身体の中では、ずっと続いていたかもしれません。しばらく飛行機が上を通ったら〝敵だ！〟って、反射的に身構えていましたからね」

気にしていた魚釣島に残った祖母の遺骨は、その後、どうなったのだろうか。

「その後、父と母が手配をして、おばあちゃんの遺骨を魚釣島から持って帰ってきたんですよ。あれは、いつ頃でしたかねえ。正確なことはわからないですけれど……。遺骨がなくなる前に（筆者注＝どこにあるのかわからなくなる前に）どうにかしなくちゃならないと言っていましたから。それで船を出したんです。何軒かが集まって一緒にいらっしゃったと思うんですよ。まだ私には、よくわからなかったです。結構、お金もかかったはずですよ」

記憶が風化するのを恐れた家族たちは、どこに埋めたかがわかるうちに、お金を出し合って船を出し、遺骨を収拾できた人もいた、というのである。

「どこに埋めたかをわかっていた人がいたと思うんです。私は一緒に行ったわけではないのでよくわからないんですけれども。生存者が一緒に行かれたと思います。

私は跡継ぎでもないので、いろいろと聞いたわけではないんです。でも、とにかく父が魚釣島に行って、（骨を）お迎えしてきたよ、というのだけは聞きました。

そのときに私も行きたかったねって、いま考えても思いますよ。もう一度、やはり行ってみたいと思いますけどね。でも、なかなかね……。うちは旧家の宮良殿内《みやらどぅんち》の孫なんですよ。一門でね。だから行けたのかもしれません」

## 骨と皮で「夫も気づかなかった」

祖母の米寿の祝いのカリーの着物を決死隊に裂いて渡した花木芳は、救出船の到来に特別の感情を抱いたひとりである。

祖母が守ってくれた。決死隊を石垣島に「本当に届かせてくれたんだ」と……

芳は、涙が溢れ出るのを隠そうともしなかった。

五人の子供のうち、敏子は無事、傷口も塞がり、なんとか大丈夫だった。しかし、下の三人は文字どおり「餓死寸前」だった。ものも口を通らなくなり、口数もなくなっていたのである。石垣市市史編集室による『市民の戦時戦後体験記録　第二集』に花木が寄せた手記は、あまりにリアルだ。ところどころ記憶違いもあるが、敢えてそのまま掲載させていただく。

〈七月五日に島に漂着したと憶《おぼ》えているから、その日から数えると四十四日目、石垣を出た日からは四十九日目に三隻の発動機船が迎えにきてくれたと思う。

その前に飛行機が飛んできた。敵機かと思ってみんなかくれていたが、日の丸が見えたので、オイオイ泣きながら手をふったり、手拭いをふったりした。かんぱんとコンペイ糖を落としてくれて、子どもたちが喜んでいた。

翌日三隻の船が来た。医者も一人乗ってきて、まず初めに黒い墨《すみ》の汁のような薬をみんなに飲ませてから船に乗せた。ご飯を炊きかけた人もいたが、急いで乗船しなさいということで、火を消す間もなく乗せられた。

布団だけは持ってもいいが、その他の荷物は何一つ持ってはいけないといわれて、残念で仕方がなかった。お父さんの大島紬《つむぎ》も二枚、私のさまざまな上等の着物も、とし子〈筆者注＝長女の敏子〉の嫁入りのときのじゅばんもみんなそのまま捨ててきた。これもあの兵隊たちの命令で、どうしようもなかった。後で自分たちが取りに行ったんじゃないかと話す人もいた〉

芳の手記には、慌ただしかった救出船への乗り込みのようすが描かれている。これでは、内間家が迎えに来た自分の家の船に乗り込めなかったのもよくわかる。石垣島に着いた際のようすも、芳の描写は鬼気迫る。

〈五十日目の八月十九日、石垣島の桟橋（戦時中、各戸の石垣の囲いを崩して築いた急ごしらえの桟橋）に着いたが、私は船の中に寝たまま起き上がることができなかった。

子どもたちは先に降りたが、私は全く起きる力がなく寝ていると、船員たちはそばにきて、ドンドンと足踏みして、「おばさん、石垣に着いたよ、降りたくないの」といって大声を出していた。

それでも起きられなかったので、仕方なく手を引っぱってもらって起き、やっとのことで桟橋に上がった。

お父さんと次男のみつとしが迎えにきていたけれども、私の顔よりも、モンペをみて、しばらくして「お前ヨシーか」といって確かめるのだ。それ程やせ衰えてゆうれいみたいだったと思う。

やっとで抱えられながら家に帰ってくる途中でも、ある人は行き過ぎて、また戻ってきて、「花木のおばさん？」といって抱きしめて泣いてくれる人もいたが、その人は、一週間後に悪性のマラリアであっけなく亡くなってしまった。今でもそれが忘れられない〉

夫は、芳のことを「モンペを見て」初めてわかったのである。そこまで芳は変わり果てていた。あの決死隊に勇気を与え、支えた〝縁起物の赤いカリー〟を裂いて渡した気丈な芳。その芳でさえ、命が尽きる寸前だったことがわかる。

芳が「日本の敗戦」を知ったのは、まさにこのときだった。

〈その時に、ダーナーヤ（大浜家）のフッチャーも迎えに来て、「勝ち戦《いくさ》させるといって、あなたたちも疎開させたが、日本は敗けてしまった」といわれて、初めて敗戦のことを知った。だけどその時は、五人の子どもも無事連れて帰ってこられたから、あとは自分もどうなってもいいと、心はすっかり許しきっていた。それだのに、その子どもたちは、家の下に寝かして、翌日の朝、改めて青ぶくれした顔や、ふくれた腹などを見たときに、泣けて泣けて仕方がなかった〉

石垣島の中心にあり、知らぬ者のいなかった「花木写真館」を切り盛りしていた女主人・花木芳と五人の子供は、こうして奇跡の帰還を果たしたのである。

## 悲劇は終わらなかった

だが、花木芳の戦いはそれからもつづいた。

体力が尽き果てていたのは、子供たちも同じだ。いや、身体の弱いものにしわ寄せがいくのは、いつの世も、戦争の悲劇の最たるものである。

芳の下の三人の子供は、帰還後も起き上がることができなかった。

花木写真館は、そのまま存在していた。大川と石垣の境にある十字路（現在の大川西交差点）は、今も石垣市の中心の一つといっていいだろう。ゆったりした敷地に芳と子供たちは〝生きて〟帰りついた。「五十日目の帰還」である。

夢にまで見たわが家だった。クバの葉をモンパノキの木に葺《ふ》き、いわば風さらしで過ごした日々。台風に襲われなかったからいいものの、もし、台風がやってきていたら、何人の命が失われただろうか。

自分自身がボロボロになっても、子供たちを守り通した芳は、そのことだけで満足だったのである。

だが、一日、二日……と自分の体力は回復してくるのに、子供たちの体力はまったくもとに戻らなかった。

芳は、子供を目の前にある吉野病院に連れて行った。院長の吉野高善《こうぜん》はマラリア撲滅にも尽力した名医として知られる。しかし、物資不足は医療品、特に薬剤に顕著だった。平時なら普通に手に入るものが、終戦直後の八重山諸島では、ほとんど手に入らなかった。

気休めでもいい。注射を打ってほしい。

芳はそう願った。馴染みの吉野院長も、芳の気持ちは十分わかっている。快く吉野は子供に注射を打ってくれた。あとになって芳は、子供に対してではなく、自分の気持ちに対して、気休めとして打ってくれたんだろうか、と考えることがある。

子供は三人ともまったく好転の兆しを見せなかった。

芳が悩んだのは、出血である。注射をしてもらっても、出血が止まらなかった。それも、鮮血ではない、薄まった色の血が出てくるのである。

（もう、血をつくる力もなくなっている。このまま血がなくなって死んでしまう）

そう考えると、芳の胸は張り裂けるような気持ちになった。

次女の和子は、口数もなくなり、起きているときも、ただボーッと目を開けて天井を見ていた。

「何か食べたいものはある？」

芳がそう聞いても、和子は、小さく首を振るだけだった。

四男の清も、まったく同じだった。

それでも、一番下の征洋は、芳にこう訴えた。

「アンマちょうだい、アンマちょうだい」

芳は懸命に美味しいお粥をつくった。おさじにそのお粥をふうふうと吹いて出しても、口は開かなかった。

自分でおさじを手に取らせても、征洋は食べることはできなかった。

魚釣島では、毎日、食べ物の話しかしなかった子供たちである。

「お母さん、家に帰ったら魚の天ぷらやってね」

「赤い飴餅《あめもち》も、つくってね」

そんなことを言われるたびに、芳は、

「そうだね。お母さん、いっぱいつくるから、お腹を壊しちゃダメだぞう」

そう答えたものである。

その子供たちが、いざ石垣島に帰ってきたら、なにも食べられなくなっていた。

三人の特徴は、膨れたおなかである。ものも食べられないのに、お腹だけはぷくうと膨らんでいた。典型的な栄養失調の症状である。

芳は、夜もずっと三人の横で寝た。

自分の力で、なんとしてもこの子たちを救ってみせる。自分自身が足腰も立たなかったはずなのに、芳は昼も夜も、子供たちから離れなかった。

子供たちの膨れたお腹から音が聞こえてくるのが芳には、たまらなかった。何かがお腹中でぐるぐるまわっているに違いない。最初のうちは、

「お母さん、便所……」

三人とも声を出すことができていた。しかし、そのうちそれもできなくなった。

芳は、寝ている部屋のすぐ横の庭に穴を掘って、そこで子供たちに用を足させた。しかし、だんだん子供たちは、そこへ行く力もなくなっていった。

「便所、する?」

芳はそう声をかけ、微かに頷いたら、自分で抱きかかえてその穴に用を足させるようになっ

た。もう自力では無理だったのだ。

あとで振り返れば、よくあの骨と皮だけになっていた自分が子供たちを抱えて用を足させたものだと、芳は思う。

しかし、子供たちの体調は、ついに最後まで戻らなかった。

体力の尽き果てた子供は、本当に簡単に息を引き取ることを芳は知った。

「清、清！」

ついさっきまで目を開けていたのに、名前を呼んで、揺すってみても、突然、子供は動かなくなった。

（えっ！）

気がつくと、愛するわが子が「こと切れている」のである。

気丈に米機の機銃掃射、そして五十日近い飢餓生活を耐え抜いた、そして、決死隊に勇気を与えた赤いカリーの鉢巻の主人公・花木芳は、声をあげる気力もなく、泣いた。

昭和二十年九月、花木芳は、最愛の清、征洋、和子という三人の子供を立て続けに失った。

それは、夢うつつの日々だっただろう。

芳は、男の人たちを呼んで、その手を借りて子供たちを順に埋葬していった。もはや、哀しみを通り越して、ただ茫然とした日々だった。

きっと、子供たちの命は魚釣島で尽きていたのだろう、と芳は思った。わが家で死ぬために、おそらく石垣に帰ってきたのだ、と。

あの絶海の孤島に埋めてくるようなことを母には「させまい」と、小さいながら親孝行してくれたのだろう。

あの親思いの子たちのことだ。きっとそうに違いない。芳はそう思った。

そのときの自分がなぜ正気を保っていられたのか、芳にはわからない。

痛切な芳の手記（『市民の戦時戦後体験記録　第二集』）は、読むのがつらい。以下に原文をそのままお届けする。


〈ああ、帰った、子どもも助けることができたと思ったのに、子どもの具合は一向によくならない。病院に連れて行って注射をしてもらっても、出血して止まらなかった。それも、赤い血が出るのでもなく、うすい桃色の血が出てきた。

一番下のゆきひろは、「アンマちょうだい、アンマちょうだい」と泣いているのに、おいしそうなおかゆを作ってきても、手には取っても、食べることはできなかった。

ふくれたお腹は、寝ている夜中でも、じょろじょろと音を出して鳴っていた。庭に穴を掘って用便もさせたが、そこまで行く力もなく、九月に入って一ヵ月のうちに三人の子どもは次々と死んでしまった。

だからうちは九月という月は焼香ばかりがつづく。あれからは気ちがいのようになっていて、

長い間、子どもたちの運動会にさえ行くことができなかった〉

芳が正気を保つことができたことは、それ自体が明治生まれの女としての並はずれた力を表わすものだろう。しかし、芳はそれでも苦しみ抜いた。

〈ほんとに気が狂いそうで、あのとき吸い始めたタバコが、今だにこうしてやめられないでいる。今はこの数珠《じゅず》で、朝晩お父さんと一緒に子どもたちにお経をあげている。

このお経読本も、かた時も肌身から離さずに持っているうちに、すり切れてぼろぼろになってしまった。

お寺のお坊さんが見かねて新しいのを下さったけれど、どうしてもこの三十年余り持ちつづけたものが手離せないでいる。何だかこれが子どもみたいに可愛くて……。

家は写真屋で、お父さんは写真の仕事しか分からなかった。だけど、材料もないし、写真を撮る人もいないし、やってみたことのない農業をやった。帰ってすぐの頃は、下駄をはいて親類に行くのだけれど、体に力が無いのと、長い間はだしでいたのとで、どうしても下駄をはいて歩くことができなかった。とうとう途中で下駄をぬいで手に持って、またはだしで歩いていったこともあった。

一年後に一度、尖閣列島遭難者が、郵便局の南側の宮良旅館に集まったことがあった。家族同伴だったから何人位になったたか。

集まってきた男も女もただただ泣くばかりだった。私は、その無人島で命をつないでくれたサフナー（長命草）とフクナーで上等にスーマカシ（酢のあえ物）を作っておいて、その日みんなに持って行って食べさせた。サフナー、フクナーは、今でも道端でみたら、「ああ、命の親だ」と思って見る。ただは見すごされない〉

亡くなった子供たちの菩提《ぼだい》を弔うことが、花木芳のその後の人生の〝生きる目的〟になったのである。

# 第十一章　もう一つの悲劇

## 知られざる死者

魚釣島から人々が去ったあと、伊良皆高辰ら六人はやっと南小島から帰ってきた。死んだものと思われていた「六人」は生きていた。

南小島周辺の激しい潮流は収まらず、十日以上経って魚釣島に帰ってきたのだ。伊良皆たちは、もぬけの殻になった魚釣島を見て、すぐに事態を理解した。

自分たちが出かけたあとサバニは完成し、そして決死隊は出発したに違いない。その決死隊が無事、石垣島に辿りつき、やがて救出船がやってきて、疎開者たちを全員連れ帰ったのだろう。

十日あまりの激流が悔やんでも悔やみきれなかった。

決死隊が石垣島に届き、遭難者が救出されたことは本当によかった。しかし、そう思う反面、自分たちが置かれた境遇の厳しさを思うと、堪《たま》らなかった。

(自分たちは〝死んだこと〟にされているかもしれない)

六人がそう感じたのは当然だろう。

いつも全体会議をするときに使う空間で、六人は、すぐに書き置きを発見した。そこには概ね、こんなことが書かれていた。

〈決死隊の人たちが無事に石垣島まで行き、救出船が助けに来てくれました。私たちは救出船に乗って帰ります。石垣島に帰り次第、すぐに救助船を出して貰いますので、どうぞご安心ください。それまで頑張って下さい〉

念のために書き置いてくれたのだろう。

その気持ちは嬉しかった。だが、本当に救出船は来るのだろうか。

船舶事情が厳しい折、いや、完全に船舶が枯渇している状況で、本当に「生きているかどうかわからない人間」のために船を出してくれるのだろうか。

六人はそう思わざるを得なかった。

しかし、くよくよするわけにはいかない。六人は、あらためて自分たちの生活の場をつくることから始めた。

置き手紙に対する反応は、六人がまるで異なっていた。

六人の年齢層はふたつに分かれている。五十三歳の伊良皆高辰、船を操るのに長けた船頭である六十九歳の村山信甫《しんぽう》という年齢の高い二人。それ以外は三十一歳の宮川を筆頭に鈴木、岡本、さらにもう一人、という若者たちである。

彼らは二人ずつ一組になって救助船を待つことにした。

仮小屋を三つ建て、毎朝、山に登り、クバを一本倒し、芯を抜くという日課をくり返した。一本のクバの芯は、六人の一日分の食糧になった。また、岩の間にいる小ガニを獲って食糧にした。

だが、いうまでもなく栄養は十分ではない。もともと五十日近い島での生活を経たあとの毎日である。次第に高齢の二人の体力は奪われていった。

この時点で六人は、戦争が終わっていることを知らない。

つまり、制空権を失っている東シナ海で「生きているかどうかもわからない人間」のために「船が来ることは難しい」ことがわかっていたのである。

救助船はおそらくこない……

誰ひとりそのことは口にしない。しかし、常識で考えれば、それは当然だっただろう。そもそも自分たちが今の境遇にいるのは、疎開船が米軍機の機銃掃射を受けたことが原因である。目の前の「血の海」の中で死んでいった人々のことは、忘れたことがない。

体力が衰弱してくれば、「救助船は来ない」ということがだんだん「大きくなってくる」のはあたりまえだ。

若者四人には〝高齢者〟である伊良皆、村山が明らかに「そのことで気力と体力が奪われている」ことがわかった。

「救助船がくるまでの辛抱ですからね」

そんな励ましにもかかわらず、がくんと体調を崩したのは、村山が先だった。

七十歳に手が届こうかという村山は、身体の変調を訴えるようになり、気分も塞ぎ込んでいった。

村山の体調をわがことのように心配していた伊良皆もまた、同じように気力と体力が奪われていった。

取り残されてからひと月ほど経ったある日の朝、村山は静かに逝った。目を閉じたまま村山は忽然と去ったのである。

「村山さん！　村山さん！」

必死で叫んだが、村山の瞼《まぶた》が二度と開くことはなかった。

あまりに無念の死だった。この境遇で逝った村山のことが哀れでならなかった。

村山が身体を起こすことができなくなっても、ほかのみんなで食べものをつくり、必死で励まし、食べるものを口元に運んだ。

しかし、村山の身体はそれを受けつけることができなかったのである。

「なぜ救助船を待てなかったのか」

「生きて一緒に帰ろうと誓ったじゃないですか！」

男たちは恥も外聞もなく号泣した。

泣きながら誰もが「次はわが身」と思った。先に逝った村山に自分の身を重ねあわせていた。

村山の遺体は、水飲み場のある砂地の〝崖が近い〟場所の岩をおこし、その下に丁寧に埋葬された。

## 遭難事件「恩人」の死

それから十日ほど経った九月下旬のこと。今度は伊良皆が苦痛を訴えはじめた。

急に日課のクバの芯を採りにいくことができなくなったのである。

「伊良皆さん、行きますよ」

いつものように宮川たちは仮小屋の中にいる伊良皆に声をかけた。

しかし、小屋の中から何か言っていたが、聞きとれなかった。

「どうしたんですか？」

小屋を覗くと、伊良皆が苦しんでいた。

「具合が悪い……（クバ採りに）行けそうもない」

身体を横たえたまま、頭を上げることも億劫《おっくう》そうだった。若者たちは、いやな予感がした。

村山が最初に床に伏したときと瓜二つだったからだ。

「わかりました。では、採ってきますね」

そう言って伊良皆を励ますと、若者たちは山へ上がっていった。

村山のときと同じように若者たちは、伊良皆の分も食事をつくり、小屋まで持っていった。

「ありがとう…」

伊良皆は感謝の言葉こそ口にするが、食事に手をつけることはできなかった。

それから、伊良皆の体調は急速に悪化していった。

やがて、うわごとをくり返すようになり、四人は交代で、

「伊良皆さん、しっかりして下さい！」

と励ましながら、伊良皆を見守った。だが、体調が好転することはなかった。村山と同じように、「救助船が来ないこと」がすでにわかっており、体力以上に気力そのものがなくなっているることが四人にはわかった。

「うーん、うーん」

苦しそうに呻きながら、伊良皆はうわごとをくり返した。

昭和二十年九月二十七日朝、伊良皆もまた息を引き取った。尖閣に真水があることを告げ、多くの命を救った伊良皆は、自らは不運が重なった末に、尖閣からの脱出がついに叶わなかったのである。

四人は伊良皆の遺体を村山のすぐ隣に葬った。あまりに遅すぎる救助船への怒り、そして不安——伊良皆の死は、村上以上の衝撃を四人の若者に与えた。

四人のうちの一人は、塞ぎ込むことが多くなり、およそ一か月後、心身ともに限界で、ある朝、やはり、こと切れていた。若者からも犠牲者が出たのである。

残りの三人が九死に一生を得るのは、台湾漁船によって、である。東シナ海でも屈指の好漁場である尖閣海域には、台湾の漁船が漁をしにやってくる。昔も今も、この海域には鰹やマグロ、カジキなど、豊富な漁業資源がある。

戦争が終わり、安心して漁に出ることができるようになった台湾漁船が魚釣島近くにやってきていた。

もはや「待つ」ことはできなかった。三人はイチかバチか、漁船に向かって小天馬船を漕ぎ出した。必死だった。

数隻の漁船の中で、幸いに一隻が気がついた。声をかぎりに叫び、舳先《へさき》を叩き続けた三人は、ついに台湾漁船に助けられたのである。昭和二十年十一月のことだった。

先に逝った〝高齢〟の二人と若者。そして、最後まで励まし合って助かった三人。明暗はくっきりと分かれたのである。

石垣島からの救助船は、ついに来なかった。

なぜ来なかったのか、については、いくつかの証言がある。石垣市市史編集室『市民の戦時

戦後体験記録　第一集』には、当時二十四歳の大浜史《ふみ》によるこんな記述がある。救出船がやってきて、いざ、乗り込む際にあったことを大浜はこう書いている。

〈五、六《ママ》日前に鳥島（北小島）に海鳥を捕りに行った仲間のことが気になりました。その人たちが帰ってこないので、また遭難したのではないかと言う人もいましたが、みんなで頼んで鳥島に寄ってもらいました。しかし、鳥島からはなんの反応もないのです。彼等は再び遭難したものと決めこんで、そこを通り過ぎました。

　後で聞いたことですが、彼等は救助船と入れ違いに、先の無人島に帰ったことがわかりました。そして、それまで以上に苦労して、二人《ママ》は死亡、二人《ママ》は台湾の漁船に救助されて基隆に上げられたこともわかったのでした〉

　帰ってこない伊良皆たちを探して、島に寄ったという貴重な証言である。大浜は〈鳥島からはなんの反応もないのです〉と、その際のことをわざわざ記している。〈後で聞いたことですが、彼等は救助船と入れ違いに、先の無人島に帰ったことがわかりました〉ということが事実なら、なんとも惜しまれる。

　また『沖縄県史第10巻』には、当時四十歳の羽地政男という人物がこんな証言を残している。

〈鳥島に海鳥を採りに出かけたまま、そこに居残った人々が五、六名いる事が分っていたのですが、船はそこまでは、今は行けんからとその人たちは残して来ました。

ずっとあとになって、その人たちは、台湾の漁船に救出され、台湾を経て、帰って来たそうです〉

大浜史の証言と羽地政男の証言は食い違っているが、三隻のうち大浜史が乗っていた一隻だけが「島に立ち寄った」と考えれば、双方に矛盾はない。

それでも、「あの人たちは、やはりまだ居るのではないか」との声は生還者の間で消えず、救出された人々がお金を出し合い、船をチャーターしようとしたが、それを任せられた人がお金を持って台湾に逃げた、などという真偽不明の噂も当時、流れたという。

いずれにしても、大多数の人々が救出された後に、「無念の死者を三人も出した」ことは確かである。しかも、

「あそこに行けば真水がある」

と、人々を尖閣・魚釣島での生存に導いた伊良皆髙辰が、こんなかたちで命を落としたことは痛ましく、決して忘れることはできないのである。

## 「無念の地」を訪ねることに賭けた青年

親父はなぜ死ななければならなかったんだ——。

そのことを胸に、戦後、父の遺骨を持ち帰るため、尖閣行きに執念を燃やした青年がいた。伊良皆髙辰の長男・髙吉《こうきち》である。

私は令和四（二〇二二）年秋、この伊良皆髙吉と会う機会をやっと得ることができた。私が長く尖閣戦時遭難事件のことを調べていること、そして、伊良皆家のことに関心を持っていることを知った関係者が、わざわざこの重要人物の子息の存在を教えてくれたのである。

伊良皆髙辰の長男・髙吉《こうきち》は、すでに八十四歳となっていた。とてつもない時間の重さを感じる取材となった。

髙吉は、昭和十二年十二月、沖縄県八重山諸島の石垣島で生を享け、石垣島をはじめ八重山など、離島の人々の生活向上のため人生を捧げた人物である。

父親の血がそうさせたのか、「人のために」生きた髙吉は、わずか七歳の昭和二十年夏、「尖閣戦時遭難事件」で父と姉を失い、生母とも離れ離れの中、苦学しながら成長し、最後は沖縄県の県議会議長にまで、のし上がった人物である。

今は東京在住の髙吉は、千代田区神田の髙吉自身の事務所の一角で、世にも数奇な物語を私に語り始めた。

「父は、かつて尖閣列島の魚釣島で、鰹工場で勤めたこともあり、八重山で手広く商いをしていた古賀商店の番頭的な仕事をしていたこともあります。そのため、父は尖閣のことは熟知していました。実際に魚釣島で生活した経験は、この遭難事件の際にお役に立ったのではないかと思っています」

髙吉はしみじみそう振り返った。「お役に立った」どころではない。まさに人々を「生」に導いたと言っていいだろう。

「父は波乱万丈の人生を歩んだ人でした。私は父が四十六歳の時の子供なんです。上に姉が三人いましたが、長女の安子は尖閣遭難事件で亡くなっています。父は、僕が小学二年の時まで生きていました。気性の激しい人だったという印象があります。

当時としてはかなり大男でしたよ。母は僕を生んだあと父と別れて、僕は継母に育てられました。優しい継母でした。生みの母は台湾へ行ってしまったんです。生みの母も僕のことを忘れられなくて、よく僕の姿を見に来て、泣いていたと聞きました」

尖閣の魚釣島での勤務だったり、古賀商店の品を売り込みに各地に出向いて商売したり、留守がちだった父。母との間に子供にはわからない溝《みぞ》があったのだろう、と髙吉は推測する。いずれにしても、髙吉を育ててくれたのは「継母」だったのである。

「継母は本当に思いやりのある人で、今も感謝しています。でも、戦争が家族の運命を変えました。戦局がだんだん厳しくなって、やがて〝八重山も危ないぞ〟ということになって僕が小学一年生のとき、石垣島から台湾への疎開が始まったんです。

昭和十九年の夏休みに、継母と僕、二女の善子、三女の幸子の四人だけが台湾に疎開しました。身を寄せたところは新竹州の桃園です。今、国際空港があるところですよね。そこには、日本軍の基地があって、僕は兵隊の宿舎に行ってよく遊んでいました」

髙吉には疎開先の台湾での日々も懐かしい。

「兵隊たちによく可愛がられましたよ。疎開先には、学校もつくられましてね。そこに固まって疎開しているわけですから、先生も石垣島にいたときのままなんです。だから、〝台湾分校〟のようなものでしたね」

小さかった髙吉には、父がなぜ死んだのかは、当初理解できなかった。髙吉は青年になるにつれ、父と姉の死を知りたくなり、独自に調べたり、関係者に話を聞いてまわったりした。姉の死も印象的だった。

「姉の安子は責任感の強い人でした。僕が尖閣遭難事件の生存者から聞いたのは、姉は薬や包帯などをぎっしりつめ込んだ背嚢を海に放り出されても放さなかったそうです。何かがあればケガ人や病人のために必要なので、これを背負っていたわけです。

船が火だるまになって、海に飛び込んだ姉は、これを背にしたまま〝早くそんなものは捨てろ！〟という声を無視して、そのまま泳いでいたそうです。姉の遺体は上がっていません。あの海原の底に、沈んでいったのだと思います」

高吉にとって、責任感が強い姉・安子は誇りだ。人のために生きた当時の日本人そのものの姿である。

「僕が聞いているかぎりでは、海上に漂う人たちは一人、また一人と救出されていったそうです。乗客のうち三十人あまりがこのとき海に呑み込まれたそうです。姉もその一人です。親父が嘆き、悲しむ姿が目に浮かびます。

最後の疎開船が石垣から出るということを聞いて、石垣に残るか台湾に渡るかということになったときに、親父にしてみると、私に会いたいということが一番にあったみたいで、そのことを思うと……」

父にとって、待ちに待った男の子だった高吉。かわいい盛りの高吉に台湾へ会いにいきたかったのは当然だろう。

しかし、その父自身も、安子とともに命を落とすことになったのは前述のとおりである。やがて青年へと成長していく高吉は、「父の遺骨を魚釣島から持って帰りたい」と尖閣行きを夢見るようになる。

「なぜ父は取り残されたんだって、ずっと考えていました。一体、どんな悪いことをしたんだろうか、と考えてしまっていました。道を歩いていても、生存者の人に会うんですよ。でも、その人たちが僕を見ると、こう顔を背《そむ》けるんですよね。

みんな知らん顔をして、なんか目を逸《そ》らすような……実際には、そうではなかったかもしれないんですが、僕はそう感じていました。うちの親父は、そんなに悪い人なのか。そんなことをずっと考えながら、大きくなったんです。

もう辛くて、子供の頃は、自分が生きていること自体が恥ずかしいように思っていたんです。いつも食べるものもなくて、辛いこともありましてね。何度も〝もう死のう〟と思ったことがあるんです。でも、小学五年の頃には、いずれ自分自身で船をつくって、尖閣に行かんといかん、と思っていました」

その思いは、高吉の胸の中で一度も揺らいだことはない。その思いがあったせいかどうかはわからないが、高吉はグレることもなかった。

「親父の骨が無人島で雨ざらし、陽ざらしになっていると想像するだけでも、子供の頃から胸が痛かったですよ。必ず僕の手で遺骨を持ち帰ると決めていました。

当時、琉球大学の高良《たから》鉄夫教授を団長とする尖閣列島調査団があったんですよ。僕は小学五年生なのに親戚のおじさんたちと一緒に調査団に〝尖閣へ連れていってほしい〟とお願いにいったんです。僕がまだ小さいということと、船がたしか五トン未満の小さなものだという理由をいわれて断られました。

高校生のときも尖閣行きを考えました。高良教授には、私が高校生になって、いろいろ相談に乗ってもらうようになったんです。でも、船をチャーターする費用が想像よりも高かったですね。それに漁師が〝遺骨を拾いに行く〟という理由を伝えたら、それだけで嫌がり、船を出してくれませんでした。

結局、僕自身が船舶の免許をとって、自分の船で行くしかない、と思いました。高校のときから、そういう気持ちになっていったんです」

自分で船舶の免許をとって、自分の船で行く――壮大な夢だった。

地元の八重山高校に通った髙吉は学校の成績も悪くなかった。そして八重山高校を卒業後、中学の「臨時教員」になった。

「当時は若者が少ないでしょ。戦争で若者がたくさん死んでいますからね。だから、教員が不足しているんです。当時の沖縄はアメリカの統治下ですが、ちょうど団塊の世代が小学校に上がる頃です。子供たちの数は、本当に多かったんです」

教員の数が圧倒的に不足する中、行政はこの難題克服に四苦八苦していた。アメリカ施政下の沖縄も同じだ。髙吉は、ちょうどその時期に遭遇したのである。

「当時、〝仮免教員養成所〟というものがあったんですよ。八重山高校を卒業したあとの四月下旬頃に、仮免許の検定試験というものがあって、これに合格すると六か月の講習を受けて教員の資格を取れるというものでした。とにかく教員が足りませんから、試験を受けさえすれば、仮免許はとれるという感じだったように思います。

僕は音楽と理科と職業科という三科目の検定試験のうち、理科を受けて合格しました。合格してから石垣中学校で教育実習を受け、昭和三十一年九月から理科の教員として与那国島の与那国中学校で働き始めたんですよ」

父を失い、貧乏のどん底にいた髙吉は、こうして高校を卒業して、すぐに「職を得る」という幸運に恵まれたのである。多くの若者の命が奪われた中で、髙吉は〝生きる糧〟を得たのだ。

その時代に髙吉は、九死に一生を得るこんな体験をしている。

「与那国中学校で、一年生の担任として、弟や妹のような生徒たちと楽しく毎日を過ごしていました。冬休みには、講習を受けるために、那覇の琉球大学に通ったんです。講習を終えて石垣に帰り、一月十七日に与那国に戻るために石垣港から乗った『祐清丸』が、暴風のために与那国沖で沈没してしまいました。十八時間も漂流し、冬の海で寒さに耐えながら、台湾の軍艦『大康』に助けられました」

父の霊が助けてくれたのか、髙吉はかろうじて「命を拾う」のである。これもまた奇跡である。一九五七年一月二十三日付の『沖縄タイムス』には、事故の詳細がこう報じられている。

〈祐清丸生存者帰る
暗夜に漂流十三時間　生命のイカダ何回も転覆
風速十一米、潮流三十哩の時化《しけ》の与那国沖で船は沈没、ズブ濡れのままいかだにしがみつき、深夜の海上を漂流すること十三時間。国府軍の軍艦「大康」に救助された幸運の祐清丸生存者十一名（一人は救助後死亡）は、二十三日ひる一時三十分、台湾経由で那覇に寄港した米船パトリック号で帰郷、九死に一生をえた生還の喜びと感激にむせびながら、ひる一時四十分上陸を開始した。（略）

一時五十分、両方から身体を支えられた西浜正市さん（30）を先頭に、生存者十一名がタラップを降りる。控え室にくるのももどかしく、出迎え人は入口に殺到、ありったけの声を出して名前を呼ぶ。

軍艦に救助される十分前に意識不明となり、救助後に絶命したという上運天黎輝さん（46）の遺骨も、伊良皆髙吉さん（21）の胸に抱かれて無言の帰郷、出迎え人の涙をさそった。この姿に一瞬水をうったような静けさだった場内も出迎え人の肩を抱きしめ泣きくずれた新垣房子さん（20）の後を追ってたちまち騒然。新聞社やニュースカメラマンのフラッシュを浴びながら抱き合って泣きくずれ、オエツが続く。〝よかった〟〝よかった〟かわす言葉はこの一言。後はただ涙、感激の連続だった〉

死亡者は十六名を数え、生存者は十一名に過ぎなかった。この記事には、伊良皆のコメントだけが掲載されている。おそらく生存者の中で伊良皆が最も理路整然と状況を語ったに違いない。

〈伊良皆さんの話　沈んだ原因はわからない。とにかく、後尾の船底に穴があいてそこから浸水したようである。気づいた時には機関部まで浸水、エンジンはストップ、浸水と同時に全員で水あげや貨物をすてて懸命の作業を続けたが、間に合わなかった。
私たちはイカダにのって漂流。その間、二、三回てんぷく、船長も一緒だったが、救助三十分くらい前に波にさらわれてしまった。もう一グループも船長部屋の板にしがみついて流れ、一時私たちのイカダと共に漂流していたが、いつの間にか、行方不明になっていた〉

二十歳の若さゆえ生き抜くことができ、そしてさらに状況をしっかり把握できていたのだろう。だが、高吉は、この教員生活をそのまま続けるような男ではなかった。

高吉はある程度、お金が貯まるとそれを元手に上京し、働きながら「大学に通う」という道を選んだ。入学したのは、法政大学の夜間だった。

「生活費と学費を稼ぐために、昼間はいろいろなアルバイトをしましたよ。銀座にある沖縄タイムスと琉球放送の雑用のアルバイトも半年ほどしたこともあります。それから紹介してくれる方がいて『明星食品』というインスタントラーメンの会社に、昭和三十五年九月に入社しました。正式の社員となったので、会社の寮に入り、食事の心配はなくなりましたが、夜の授業は睡魔《すいま》との闘いでしたね」

高吉は五年かかって昭和四十年三月に無事、法政大学を卒業。そのまま明星食品に勤め、工場長代理のような責任ある仕事を任されるようになった。しかし、仕事中に大やけどを負い、二か月間も入院して、転機を迎える。

「入院期間に色々、本を読み、自分を高めるいい機会になりました。明星食品には結局、九年間勤め、昭和四十四年に退職して沖縄に帰りました。沖縄に帰ると退職金とそれまで貯めたお金を元手に那覇市内に『寿味屋食品』という、明星食品のインスタントラーメン〝明星チャルメラ〟を販売する会社を立ち上げました。日本で一番おいしいと思っていた明星チャルメラが、その当時は沖縄に輸入されていなかったからです」

高吉にとって、入院生活で考えたことは大きかった。

東京にいても、頭から離れなかったのは、豊かな故郷である八重山のことである。いつしか、高吉はこの愛すべき故郷のために「産業を興《おこ》さなければならない」という気持ちになっていた。

その思いを胸に東京から戻り、会社を設立したのである。高吉はさまざまな経験を積みながら人生の階段をのぼっていった。だが、悲願の尖閣行きは、まだ果たしていない。

高吉はやがて三十代の後半になっていた。

「戦時中、沖縄県庁で疎開業務を担当をしていた浦崎純という先生が昭和五十年頃に『死のエメラルドの海　八重山群島守備隊始末記』という本を書かれたんです。僕はこれを読みまして……その本の中に、親父の名前を発見したんです。初めて事実を知りました。

そのとき〝親父はいいことをしたんだ〟と、わかりました。親父は、人のために命を張ったんだ、と。そのことがわかったときは、もう泣いたですよ。ほんとにオイオイと泣きました。よかった、本当によかった、と。

ふと、生存者の人たちが顔を背けるように感じていたのは、実は逆の意味で、申し訳なくて、僕の顔を真正面から見ることができなかったのではないか、とそう思ったんです。本当に泣けました……」

生存者たちの〝命の恩人〟の息子が、その「真実」を知るまでに実に三十年近い歳月が必要だったのである。

## 難航する計画

髙吉がついに尖閣行きの船を用意できたのは、昭和五十二年七月のことである。

「僕は、友人の安室《あむろ》孫秀君が住職をしている『桃林寺』というお寺に、わずかではありますが、ずっと寄進をつづけていました。安室君は小学校以来の同級生で、よく寺に遊びに行きました。いわば遊び場所でもあったわけです。桃林寺にはお墓がたくさんありました。でも、うちには親父の遺骨がないんです。いつの日か、親父の供養のために、なにかを建てたいと思うようになりました」

髙吉は「人生の目的」を達成するために着々と進んでいた。

やがて明星食品時代の経験を生かして、沖縄の中頭《なかがみ》郡読谷村《よみたんそん》に水産加工会社を起こすと、高吉は念願の小型船舶操縦士の免許もとった。そして、

「昭和四十九年には、四・九トンという小型ですが『東洋丸』という船も購入したんですよ。条件はすべて整ったんです」

執念というほかない行動力である。高吉は具体的に尖閣諸島に行く許可をとるべく動き始めた。さっそく海上保安庁に上陸許可願いを出したのである。しかし、

「漁船として魚を獲りにいくのなら許可を出します、しかし、あなたの目的は魚を獲りにいくのではないのですね。ならば、許可を出すわけにはいきません」

高吉はそう言われた。ちょうど日本、中国、台湾の間で尖閣列島の領有問題が喧《かまびす》しくなり、大いに論じられていた頃である。

四人の日本人が上陸して日章旗を立て、また、台湾の漁師が上陸しているのがわかって退去になったりするニュースが流れていた。

高吉はさらに詳しく事情を説明して、具体的な日程表もつくって提出した。ほかでもない、家族のことだから、と粘りに粘ったのである。それでも、海上保安庁は、

「あなたの気持ちはよくわかります。しかし、残念ながら許可するわけにはいきません」

と、従来の立場を崩さなかった。

高吉は、「そうですか」とひと言だけ残して引き揚げた。だが、建物を出たときから、気持

ちは定まっていた。

あきらめたのではない。逆である。

「やむを得ない。許可なしで決行する」

髙吉はそう決めたのである。

無理もない。小学生のときから決めている「人生の目的」である。いろいろな仕事をやりながら、この目的を忘れたことなど、髙吉には一度もない。

魚を獲るのではないから許可は出ません、などと言われて「はあ、そうですか」と、引き下がれるはずがなかった。

そもそも日本人が「日本国の領土」に上陸できないなどと誰が決めたのか。髙吉は「ふざけるな」という思いだったのである。

髙吉は、こんなことも教えてくれた。

「海上保安庁の方も、僕の気持ちをわかってくれていたと思います。日本人が日本の領土に親の骨を拾いにいけないというのは、あり得ないことですからね。すると、担当官が、さりげなく、最悪の事態が生じた場合の海保への無線での連絡方法などを教えてくれたんです」

小学校のときからの目的を果たそうと必死で魚釣島上陸の許可を求める自分に、海保の担当官は、一度も居丈高な態度をとったことはなかった。

むしろ髙吉の話に熱心に耳を傾け、いちいち頷いてくれた。その血の通った担当官の態度に高吉は感動した。

しかも、「もしものときのために」、つまり、緊急事態に備えて海保への無線での連絡法まで伝えてくれたのだ。その温かい気持ちと海の男としての気持ちが、高吉の心を揺さぶった。

海保の建物を出たとき、高吉の気持ちが固まっていたのは当然だろう。

「俺は行く!」

こうして悲願の尖閣行きは、具体的なものとなった。

## 夢にまで見た魚釣島

昭和五十二年七月――。

奇しくも事件で亡くなった人々の三十三回忌となっていた。

高吉が購入した東洋丸は、前述のように四・九トンの小型漁船である。自ら水産加工会社を経営する高吉の貴重な財産だ。

高吉は、地元紙の八重山毎日新聞に尖閣行きを知らせる新聞広告を打った。

ひょっとしたら自分のように遺骨を持ってきたい遺族もいるかもしれない。せっかく行くのなら希望者の方にも声をかけたかったのである。

幸いに、父より十日ほど前に亡くなった村山信甫の孫から問い合わせがあり、一緒に行くことになった。

友人や従兄など計八名で『東洋丸』は魚釣島に向かうことになった。

そのとき、石垣小学校、石垣中学校、八重山高等学校……ずっと一緒だった親友・安室孫秀が現われた。僧侶としての名は「禅秀」だ。いつも、一緒に遊んだ幼なじみである。

孫秀は、大きな卒塔婆《そとば》を二人がかりで担いできた。長さが三メートルか四メートルほどもある大きなもので、非常にしっかりした杉の木の卒塔婆だ。

本来の平べったい普通の卒塔婆ではなく、四角い「角塔婆《かくとうば》」と呼ばれるものだ。これは、墓標や墓石の代わりにも用いるものであり、厚さは縦横四寸、つまり十二センチあった。大きく、重く、どっしりしていた。

「おい、これを持っていけ」

孫秀は髙吉にそれしか言わなかった。

〈疎開船 友福丸 一心丸 遭難者三十三回忌〉

髙吉の目にその文字が飛び込んできた。あらためて「三十三回忌」であることが胸に迫った。

「三十三回忌」の下には、なにやら梵字《ぼんじ》のようなものが書かれているが、髙吉にはわからない。

孫秀は、髙吉が尖閣行きにどんな思いを持ちつづけていたか、誰よりも知っている幼なじみだ。孫秀は、その親友のために、なにもいわず、ただ、当日の朝、これを担いできて、「おい、これを持っていけ」としか言わなかったのである。

（こいつ……）

ありがたかった。無性にうれしかった。

のちに髙吉は孫秀から、

「遺骨があればいいが、もし遺骨がなかった時のためでもあった……」

と告げられている。

仮に遺骨を見つけられなかったときには、代わりに自分が「何か」を残さなければならないだろう。

「供養のためのものを残しておかなければ、おまえは、悲願の魚釣島行きを果たしても、心の底から自分自身を納得させることもできないし、心の整理もつかない」

親友はそう考えてくれていたのである。

そのことを知ったとき、髙吉は、

（こいつはそこまで考えていたのか。俺のことをそこまで理解してくれていたのか）

と胸が熱くなった。親友のありがたさを髙吉は思った。

いよいよ出発だ。石垣港の埠頭から『東洋丸』は離れていった。

親戚や知人、孫秀ら友人たちが手を振っていた。

やっとこの日が来た。髙吉の胸は高鳴った。

魚釣島は、異様な島だった。

小さな船では容易に近づけないほどの荒波の中に屹立《きつりつ》する絶海の孤島である。

（ここは地の果て、いや、海の果てか……こんな絶海の孤島で親父は死んでいったのか）

そこは髙吉の想像をはるかに超えていた。

近づく者を阻む潮流はきつく、特に荒天になれば、迂闊に近づけば、小さな漁船なら木っ端みじんになるのは間違いない。

髙吉たちを乗せた『東洋丸』も、天気が悪い上に風も強く、尖閣独特の荒波を前に容易に近づくことができなかった。波の穏やかな地点を探しまわっているうちに、船は父親が埋葬されているとされる、かつて古賀村があった地とは反対側に来ていた。

仕方がない。そこから上陸するしかなかった。

しかも、最後は筏《いかだ》を使ってやっと上陸するというありさまである。

髙吉は「早く遺骨をさがし出さねば……」と気が急いていた。あの大きな卒塔婆を担いで上陸はできたものの、目的地までの約一キロを歩かなければならなかったのだ。

島には、人間の首ほどの高さの灌木《かんぼく》がぎっしりと密集していた。厳しい風雨のせいだろう、草木は、すべて地を這うように繁り、島中を覆っていた。

重い卒塔婆を肩に、髙吉は道なき道を進んだ。

こんな過酷な島で親父は最期を迎えたんだ。どれほど僕や姉たちに会いたかっただろう――髙吉は、そんな思いで一歩一歩を踏みしめていた。

不思議なものである。髙吉は「自分がこうして苦労をすればするほど、親父の供養につながるんだ」という思いを抱くようになった。

歩くごとに、その思いは強くなっていった。

髙吉は高良教授から教えられた海岸近くの崖の小さな洞窟を目指していた。調査の際にその洞窟から大人二人分の遺骨が見つかり、その片方が「髙吉君のお父さんのものではないか」との話を高良から聞いていたからである。

体格のよかった父と高良が語る遺骨のありさまが、髙吉には「同一のもの」としか思えなかったのだ。

父と共に魚釣島に取り残されたものの、無事生還を果たした人物と髙吉が会えたのは、こののちのことであり、実際に「比較的、崖が近く、水飲み場のある砂地の場所」に葬った、という証言もまだ髙吉は知らなかったのである。

(ここだ)

やがて、髙吉たちはやっとのことで目的地と思しき小さな洞窟に着いた。

だが、そこは想像していたものとは異なっていた。

魚釣島は、地形が変わるほどの厳しい風雨に長年さらされてきた。台風もよく直撃するし、東シナ海特有の暴風に、島自体が削られていく。

そういうものがたび重なれば、一体、どうなるだろうか。埋葬したもとの地形が残っているほうが不思議かもしれない。

これはまずい……髙吉はそう思った。

（魚釣島は波と風がドーンとぶち当たってくるような風雨にいつも見舞われている。それが三十年以上くり返されたら……）

自問自答する髙吉。明らかに魚釣島は自分の想定した地形とは違う。

結局、小さな洞窟らしきものに遺骨はなかった。髙吉は〝捜索範囲〟を広げることにした。

しかし、どこも同じだった。

崖も、ほかの洞窟も、砂地も……三十年の歳月が、明らかに地形そのものを変えていた。髙吉本人でさえ、「これは無理だ」と判断せざるを得なかった。

浸食のあまりひどくない岩を基準にして、髙吉たちはさまざまな場所を掘ってみることにした。八人が手分けしておこなった。

髙吉の魚釣島行きは、「日帰り」の予定である。

この絶海の孤島で一泊することの難しさを感じていた。自然環境だけでなく、政治的にも、一民間人が魚釣島で泊まり込むなど、あり得ないことだった。

風雨は髙吉たちを追いたてるかのように強まっていた。海のようすも明らかに変化していた。

髙吉は、皆に夜まで現場に留まることができるか諮《はか》ってみた。

答えは「ノー」である。風雨も、波も、音を立て始めていた。

（このままでは無理だ……卒塔婆を建てよう）

髙吉たちは、孫秀が託してくれた有難い角塔婆を建てることにした。

のちに孫秀が髙吉に告げたように、この供養の印である卒塔婆を建てることなく尖閣行きが終わっていたら、どれだけ悔やんだかしれない。

親友の計らいは、ありがたかった。そして、このことで親父がどれだけ喜んでくれるか、髙吉は思いを致した。

海岸に卒塔婆を建てた髙吉は、用意してきた供物《くもつ》を供えた。そして手を合わせて、やっと、亡き父に語りかけることができた。

「やっとの思いで、父さんの〝無念〟の地にやってくることができました。しかし、どうしても遺骨が見つかりません。でも父さんの苦労を偲び、こうして語り合える幸せを今、感じています。僕はいずれの日か、またやって来ます。それまで父さん、どうぞ安らかにお眠り下さい……」

胸の中でそう呟いた。そのとき不覚にも、どっと涙がこぼれてきた。

（しまった）

髙吉は一緒に来た仲間に涙を見られると思い、なんとかしようとした。しかし、どうすることもできなかった。

髙吉の目から、涙がとめどなく流れた。髙吉のその姿を、ともに魚釣島上陸を果たした仲間たちが、静かに見つめていた。

髙吉は、霊石《れいせき》を拾い始めた。

父親や姉、村山をはじめとする疎開船の遭難者、そのほか多くの海難事故死者や無縁仏のものなど、持ち帰って供養するために、霊石を拾ったのだ。

この霊石は、石垣島に帰還後、孫秀が住職を務める「桃林寺」に安置した。

尖閣にかかわる死者は数多い。あまたの海難事故死者、ほかにも「明和の大津波」、さらには先の大戦で亡くなった方々……髙吉は、これら無縁仏となった霊をなぐさめようとしたのである。

孫秀はこれに喜んで応じた。

魚釣島から帰還した髙吉が尖閣列島から帰ってきてすぐ、境内に供養の地蔵を建てさせてもらい、持ち帰った霊石をそこに安置したのである。

夕闇が迫り、髙吉たちは石垣島への帰路についた。去っていくとき、髙吉は魚釣島に向かって花束を投げ、姉の霊に手を合わせた。

のちに『与那国沖　死の漂流　わが青春の闘い』（ボーダーインク）という回想記に髙吉は、こう記している。

〈うねりの大きくなった大海原に、再び僕たちの乗った『東洋丸』は乗り出しました。海上保安庁の巡視船は、もう大丈夫と判断したのでしょう。「いくぞ」とでもいうようにボーボーと汽笛の合図を残して、どこかへ去っていきました。

かすかに魚釣島をながめ、花束を投げて姉の霊に手を合わせているうちに、二十年前のあの僕の遭難と、生と死の間をさまよいつづけた漂流の思い出が、鮮かによみがえってくるのでした〉

髙吉は「これは、あとでわかったことなのですが……」と前置きして、こんなことを教えてくれた。

「実は、海保は私たちの安全確保と万一の事態に備えて、宮古と八重山へも連絡し、海上保安庁として〝救助態勢〟を整えてくれていたそうです。そういえば思いあたるふしがあるんです。僕たちの乗った『東洋丸』が魚釣島に近づくと、海上保安庁の巡視船がやってきました。

そして僕たちが上陸するのをじっと見守ってくれていました。僕たちを監視するのではなく、むしろあたたかく見守ってくれている、という感じだったんです。うれしかったですよ」

海上保安庁のその好意を思うと、髙吉は、今も涙が出て仕方がない。海の男たちへの心意気に触れ、感謝の念が、いつまでも消えないのである。

伊良皆髙吉は、この貴重な経験を胸に、その後、政治家の道を歩み始める。

前述のように、髙吉は豊かな故郷である沖縄や八重山のために産業を興さなければならないという気持ちで東京から戻ってきた。そして会社を設立するなど、奮戦したのである。

しかし、やがて髙吉は、民間の「個人の力」には限りがあると考えるようになっていく。

(八重山の未来のために働きたいなら、民間の個人の力ではだめだ)

髙吉は、段々、政治家を目指す気持ちが大きくなっていったのである。

尖閣行きから三年後――。

昭和五十五年六月、髙吉は沖縄県議会議員選挙の八重山郡区から出馬し、見事、初当選する。

その後、平成十六年まで二十四年間にわたり髙吉は県議会議員を務めるのである。

平成十二年からの四年間は、沖縄県の県議会議長を務めた。

補欠選を含め最多の七回連続トップ当選を果たすなど、髙吉は県民の信頼を得て、力を尽くした。

父の無念を胸に、伊良皆髙吉は、沖縄、そして八重山のために働きつづけたのである。

今は、東京で趣味の「三線《さんしん》」を教えながら、穏やかな人生を過ごす髙吉。しかし、かつての熱い尖閣への思いと父への弔いの気持ちは、尖閣の歴史に、今もしっかりと刻み込まれている。

# 第十二章　ありえない「奇縁」

## 偶然の若き「出会い」

貧しく、物そのものがない時代を経て、生存者たちが次第にもとの生活を取り戻したのは、いつ頃だっただろうか。

決死隊として人々の命を救った金城珍吉は、海の男として本来の貿易の仕事へと戻っていった。

アメリカ統治下で、なにもかも戦前とは「逆」となった沖縄で、珍吉は淡々と東シナ海や南シナ海を股にかけてさまざまな品を商う「金城商店」の店主だった。

あの決死隊の奇跡を、珍吉は忘れたことがない。あれが成功しなければ、多くの命が失われただろう。

それだけに決死隊の仲間たちの結束は強かった。彼らは、よく思い出話をしながら酒を酌《く》み交わした。

決死隊の一人、栄野川盛長は、珍吉とは、よき〝呑み仲間〟となった。あの九死に一生の日々を肴《さかな》に酒を呑むのである。

栄野川の長女・具志堅《ぐしけん》君子（七三）は、こんなことを思い出す。

「（珍吉さんは）お父さんの友達で、尖閣列島の仲間だから、よく一緒に呑んでいましたよ。うちにもちょいちょい来てくれていました。お父さんは普段は無口だから、呑まないと話をしないんですよ。

お父さんは泡盛《あわもり》が大好きでね。珍吉さんとは仲間。だから、よくグループで呑んでました。私は小さかったから酔っ払いとしか思わなかったけどね。

お父さんは力自慢でね。身体もがっちりしていました。私が生まれてからは、新川のパイン工場で働いていましたよ。兄弟みんなが働いていたんです。長男も、うちのお父さんも、三男も、みんなパイン工場にいました。栄野川兄弟で有名でしたよ」

酔うと父たちは、必ず尖閣の話になったという。

「お父さんは六人きょうだいの次男で、上から三番目です。昭和二年二月の生まれです。尖閣のときの疎開船に乗るときには両親に〝もう次男はおらんと思うときよ〟と言ってから行った、というのを聞いたことがあります。疎開船はかなり危ないということがわかっていて、やっぱり覚悟を持っていったと思うんです。

お父さんが尖閣列島に行って、頭を怪我したり、太ももも怪我をして、血をだらだらしながら、人を助けて感謝状ももらったと、断片的ですが聞いたことがあります。感謝状は家にありましたね。

珍吉さんは一の橋から東の方にお家があったの。金城商店って言ってね。あっちからお父さんのところに来て、呑んでいました。名護市からもよく呑みに来てた人もいましたよ。酔うと尖閣の話をして、いい友達だったみたいよ」

あの過酷な体験を共有する者同士の貴重な呑み会が戦後、つづいたことがわかる。

金城珍吉は四男一女の子供たちに恵まれた。

四男の珍章は、珍吉の性分を最も継いだ子供だったかもしれない。珍章は珍しく石垣島ではなく、沖縄本島の興南高校に入った。

小さい頃から野球が大好きで小学、中学と野球をつづけた珍章は、興南高校から声をかけられたのである。

だが、小柄な珍章は体格のいいスポーツ選手が揃う野球部ではなく、卓球部を選んで、高校時代を過ごした。

珍章の高校卒業は、昭和四十七年である。沖縄復帰の年だ。

「高校を卒業して、沖縄はすぐに本土復帰ですよ。だから、僕は卒業して〝内地〟に行ったときはパスポートで行ったんですよ。卒業は三月ですからね。帰りはパスポートがなかったです。そんな時代です」

沖縄の本土復帰は五月十五日。その直前の卒業だった。珍章が進んだのは、石川県の金沢工業大学である。

「石川県の野々市町というところにあったんですが、入って〝大学には合わないなあ〟と思ってね。それで大学を辞めてすぐに上京して東京経営経理学校に進みました。それで、ここを一年で卒業して石垣に帰ったんです。

戻ってからアルミサッシの興南商会というところに勤めました。成人式は石垣でやったから、興南商会に入ったのは、まだ十九歳だったかもしれません。もちろん会社には経理担当として入りましたよ」

小さな会社なので経理だけではなく、さまざまな業務を担当した。そこで珍章は運命の出会いをすることになる。

ある日、珍章は社長に命じられて取引先の設計事務所に出向くことになった。

社長から「これ、図面が見づらいから、もう一度、青焼きをやってもらって」と頼まれたのだ。

設計事務所に行くと、図面のトレーサーや事務をこなしている女性が応対してくれた。トレーサーとは、設計者が作成した図面をトレーシングペーパーというものに移し、図面を仕上げる役割だ。

「これ、青焼きをもう一度、お願いします」

「はい。いいですよ」

このとき、爽やかに応対してくれたのが、その後、長年連れ添うことになる妻の悦《えつ》である。

（かわいい人だな……）

目がくりっと大きな悦に、珍章は一目惚《ぼ》れした。

あとで知るが、二人は同じ昭和二十八年生まれだった。

それからおしゃべりしているうちに、珍章はどんどん悦に惹《ひ》かれていった。

なにかに理由をつけては設計事務所に顔を出すようになった珍章は、やがて悦を映画に誘ったり、食事を共にするようになった。

（この人、おもしろい……）

そう思っていた悦も、海を一緒に見に行ったり、楽しく過ごすうちにお互いを〝意識〟するようになっていったのである。

珍章は「この人だ」と心に決めた。

## 信じがたい行動力

珍吉の息子だけに意志が強く、やると決めたら、あとさきを構わない性格の珍章が、悦も、そして自分の親も驚かす行動に出るのは、つき合い始めて、まだそれほど経っていない頃のことである。

珍章は、いきなり悦の家に「お嬢さんを妻に欲しい」と、お願いに行くのである。

悦本人も知らない突然の「行動」だった。

珍章は、まだ二十歳の頃の自分をこう振り返った。

「(悦と)一緒になりたいなと思って、突然、女房の家に一人で行ったんですよ。向こうの親もびっくりしたでしょうね。いきなり若い男がやって来て、〝お嬢さんをください〟っていうんですからね」

悦の実家は、もともと料亭を営んでおり、大きな一軒家だった。そこを訪ねてきた珍章に「どうしたんですか?」と出てきたのは、悦の母親である。

「金城といいますが、ちょっとご相談がありまして」

と珍章。訝《いぶか》りながらも、母は、

「どうぞ上がりなさい」

と応じてくれた。しかし、この若者が言い出したことに母は心底、仰天しただろう。

「実は、悦さんと結婚したいんです」

は? 母は絶句した。あまりにも唐突だったからだ。

すると奥から、父親が出てきた。

悦の父親は、元海軍で、柔道四段の偉丈夫《いじょうぶ》である。ぎろりと珍章を睨《にら》むと、

「貴様、人の娘をもらうのに、たった一人で来たのか!」

そう一喝した。結婚はまず「仲人」を立てて、筋を立てて申し込むのが正式の礼である。それが、いきなり本人が訪ねてきたのだから、驚かないほうがおかしい。

「おまえは、どこの者か?」

父親はそう問うた。

「金城商店の金城珍吉の息子です」

珍章は、そう答えた。石垣の人間なら当時、貿易をしている金城商店のことをほとんどの人が知っている。自分が勤めている会社ではなく、珍章は、敢えて父・金城珍吉の会社の名を出したのである。

その瞬間、母親が「えっ?」と驚いた顔をしたが、珍章は気づかなかった。

そんなことをしているうちに、やがて悦が帰ってきた。

仰天したのは悦本人である。

「私が勤めから帰ってきたら、この人がいたんです。うちの玄関は大きくて、その玄関を入った先に居間があります。居間には丸いテーブルが置いてあったんですが、そこにうちの両親とこの人がいたんですよ。家に来ることを私、聞いてないんですよ。びっくりしました」

結局、悦の両親といろいろな話をしたが、正式な結婚の話には至らず、珍章は帰っていった。

「家に来て、突然、結婚を申し込むなんて、まったく知りませんでした。もし、知っていたら、事前に打ち合わせをしますよね」

悦は半世紀近く前のことを昨日のことのように述懐する。

「でも、うちの人はそういう人なんです。とにかく決めたら、すぐ動く。あとさきを考えずに、〝まず行動する人〟なんですよ。それは、結婚してからも変わりませんけどね。でも、まさか、あのときは驚きました……」

母親も驚いたが、なにより当事者である悦本人も予想もしない出来事だったのだ。

珍章は笑いながら、こう語る。

「実家に行くことに、（悦の）許可は取っていないし、その日に行くとも言ってないの。俺の家から（悦の）家までは、タクシーでワンメーターぐらい、だいたい千五百メートルほどかなあ。急に思い立って強引に行ったわけよ。

手土産なんかも、持っていくとかないわ。何も持ってないですよ。わかるでしょ。まだ、二十歳の子供だもの。だけど、一度決めたら、絶対にやり遂げるの。悦の父親は柔道四段で、海軍の出身でした。早稲田大学法学部の出ですよ」

しかし、結局、果敢な珍章のこのアタックは失敗に終わるのである。

「追い返されましたね。私が帰ったあと、悦も相当、怒られたらしいです。こっちも、家に帰って両親に話したら〝馬鹿じゃないか、おまえは！〟と、こっぴどく叱られました。それで〝どうしても一緒になりたいのか？〟と聞かれ、〝ハイ〟と。〝それなら仕方ない。みんなで考えよう〟ということになったんですよ」

## つながれた「命」のお陰で

狭い島のことで、悦の父親と親しい珍章の親戚がすぐに見つかった。

今度は、その人が間に立ち、父・珍吉が悦の実家を訪ねていくことになった。子供の非礼を詫びて、きちんとした「挨拶」に行ってくれたわけである。

「その親戚は、イカ釣りの趣味が悦の父親と同じで、かねて知り合いなんです。和気藹々《わきあいあい》になって、話が弾んだようです。悦の父親はイカ釣りの会の会長をやっているほどで、その話ばっかりになったそうですよ」

そのときである。悦の母親があらためてこう言い出した。

「あなたは金城珍吉さんですよね」

「はい。そうです」

珍吉が答えると、母親はこう言った。

「私はあなたに命を助けられましたよ」

えっ？

珍吉は少し戸惑った。「命を助けられた」というのなら、尖閣の遭難事件のときのことだろう。しかし、珍吉は多くの人間の命を救っているだけに、そう言われてもピンと来ないのだ。そのようすを見た悦の母親は、こうつけ加えた。

「私はアンカーロープにぶら下がっていて、あなたに助けられました。便所のロープです。油もかぶっていたのに……あのときは本当に助かりましたよ」

珍吉の記憶が蘇った。あのときのことは覚えている。切れて落ちた吊り便所のロープにつかまり、燃える船の下で助けを求めていた、あの女性である。

第五千早丸が燃えながら沈没していく寸前、乳飲み子を背負ったまま、垂れ落ちる油を頭からかぶって弱々しい声で助けを求めていた。

珍吉は小舟を漕ぐ見里雄吉の制止も聞かず、必死で泳ぎ、その女性を救い出した。背中に負われていた乳飲み子は、すでに溺死していたように思う。

その女性は、あの魚釣島の過酷な日々も生き抜き、そして戦後も達者で暮らしていたのか。

珍吉の頭に走馬灯のように苦難の日々が蘇った。よかった、と。

ということは、目の前の女性は、戦後、子供をもうけて、その子が自分の息子の「嫁になるのかもしれない」ということなのか——。

奇縁である。

吊り便所のロープにすがりつき、肩まで海水に浸かっている女性と、そのまわりの光景を珍吉は思い浮かべていた。

だが、珍吉は、

「ああ……そうですか。お元気でよかったです」

と、懐かしそうに口にしただけだった。

あの過酷で熾烈な戦争を体験した人間は、偶然、九死に一生を得て戦後を生き抜くことができたとしても、それを大袈裟に感じ入ったり、あるいは、吹聴《ふいちょう》する人は極めて少なかった。珍吉もそうだし、悦の母もそうだった。それは、

「あなたに命を助けられたんですよ」

「ああ、そうですか」

という淡々としたやりとりに凝縮されていた。

まして珍吉にとっては、今は息子の不始末を詫び、それでも「お嬢さんを嫁にいただきたい」とお願いに来ている身である。

自分があなたの命を救った、などと恩着せがましいことなど、珍吉は言うつもりもなかったのである。

そんな珍吉を悦の母は、うれしそうに見つめていた。

この日から珍章と悦の結婚の話がとんとん拍子に進んでいったのは当然である。片方の母親が片方の父親に「命」を助けられ、その娘が「〝命の恩人〟の息子に嫁ぐこと」に反対するものなど、いるはずがなかった。

二十歳の青年が「結婚したい」という思いのまま、そのことをたった一人で相手の家に伝え

にいった〝フライング〟は、こうしてことなきを得た。

珍章はこう語る。

「遭難の人たちは、家族が亡くなった人たちを中心に時々、集まりを持っていたみたいなんですよ。うちの親父なんかは、亡くなった家族はいないし、そもそも助けた側ですから、そういうところにあまり行っていないわけなんですよ。

その会合では、燃えて沈没するときのこととか、決死隊のことなどが当然、話題になるわけですよね。その際、〝金城珍吉さんに助けられましてね〟という話がいろいろ出ているから、悦の母親も親父のことがわかったみたいですよね。

まさか、その本人が目の前にいて、自分の娘を息子の嫁にくれ、と言っているんだから、それはびっくりしたでしょうね」

二人は無事、昭和五十年三月二十六日に結婚した。珍章が二十二歳、悦が二十一歳のことである。

しかし、その後も、悦の母も「尖閣での遭難事件の際にお父さんに命を救われたのよ」ということを口にするぐらいで、若い夫婦は、「そうだったんだ」と頷くだけで取り立てて話題になることもなかった。

やがて夫婦は子供にも恵まれ、家族の穏やかな日々が過ぎていった。

## あらためて知った事実

結婚して二十年ほどが経った平成七年、父・珍吉も金城商店から引退し、悠々自適の生活を送るようになっていた。

珍章も、悦も、四十代を迎えていた。

沖縄の人は戦争体験を積極的に話すことは少ない。八重山の人も同じだ。過酷な体験を敢えて話すこともないのが、沖縄の人々の特徴だ。

珍吉も同じだった。いつしか尖閣戦時遭難事件そのものが忘れられていた。珍章によれば、

「親父も戦争の話なんか、ひと言もいわないよ。親父だけじゃなくて、沖縄の人なんか、戦争の話を一切しないでしょ。聞かれれば、ぽつりぽつりぽつり出てくるけどね。それも、比較的、最近のことよ。

なにせ何もない。家もないし、何もない。ただ生活するのに必死で戦争のことを話す時代とか、そんなんじゃなかったんです。だから、戦争の体験があまり子供に伝わるってことはなかったよね」

しかし、そんな中でも、珍吉は、広告の裏や、ノートの余っているところに、自分が見聞きしたものや、思い出したことを折に触れて、書きとめていた。沖縄や八重山では、珍しいタイ

プの人間だったといえるだろう。

だが、石垣市や沖縄県の関連団体から「戦争体験の記録」のために協力を求められたり、地元紙から体験に関するインタビューの申し込みが思い出したようにあった。

そんなとき、珍章が〝あるもの〟を見つけた。

「親父の手記ですよ。実家に床の間があるんだけどね。そこで僕が見つけたの。床の間には、親父がいろんなものを書いたりしたものが、ちゃんと整理して置いてあったのよ。

それが、戦後十年経って親父が書いた『尖閣列島遭難記』ですよ。まだ親父が三十代の頃に書いたものです。これを僕はあらためて読んだんです。そこに、あの吊り便所のシーンが出てきたんですよ」


〈今でも忘れることができないのは、切れて落ちた吊り便所につかまり、燃える船の下で助けを求めている女の声である。

垂れ落ちる石油を頭からかぶり、大分疲れているようで、弱々しい声で助けを求めている。美里君《ママ》は危ないからよしなさいと言っていたが、まずは行ってみて、助けられないようなら戻ってくるからと、泳いで行き、やっとの思いで便所を引っ張り出し、助け出すことができ、ほっとした。その方も今は良き母親になっておられることだろう〉

珍章は言葉を失った。

父・珍吉が〈その方も今は良き母親になっておられることだろう〉と書いた「その女性」の娘が自分の妻になった――珍章は結婚して二十年も経ってから、はっきりそのことを認識したのである。

珍章は、くり返し父の手記を読んだ。そして、県や市などに協力して書いたものもじっくり読んだ。

その下書きとして、チラシの裏など、さまざまなものに書き留めたものにも目を通していったのである。

珍吉は、それらの文章を捨てることなく、きちんとまとめて床の間に置いてあり、四男の珍章が、そのとき初めてそれらの文章を読んだのだ。

「これを読んでね、つくづく親父は貴重な人だなと思ったよ」

そう珍章は言う。

「くり返し読んだけどさ。台湾に疎開する時に、お金を台湾にいる人の家族に渡してちょうだいね、と預かっていったことも書いているんですよ。しかし、途中で米軍の機銃掃射であんなことになったでしょう。でも、親父は預かったお金をあの中でも自分の身から離していないんですよ。

それを尖閣の島に上がることができたあと、親父はそのお札をきちんと一枚一枚、陽に干して、それを持って帰ってきたんですよ。そしてその家族にみんな戻している。僕はそのとき、親父がいつも言っていたことを思い出したんだよね。親父の口癖ですよ」

それは何か。

珍章は「どうということはないんだけどね」と前置きして、その「父の言葉」を私に教えてくれた。

「人のことはいくらでもしなさい」

珍吉は息子にそう教えていたというのである。私はそれを聞いて、凄まじい珍吉の行動の数々の光景を思い浮かべた。

沈没する船から人々を救い出し、銃撃で壊れたエンジンを直し、魚釣島に人々を上陸させ、そして決死隊となって、ついに石垣島への助けを呼ぶことに成功した男——その金城珍吉が息子に伝えていたのは、「人のことはいくらでもしなさい」という素朴でシンプルな言葉にほかならなかった。

隣にいた悦は、こうぽつりと言った。

「お義父《とう》さんって、商売していたから、本当にきちんとしてたよね」

他人を裏切ったことがない金城珍吉という男は、前述のように平成十四（二〇〇二）年、八十三歳で静かに世を去った。

金城珍吉はあの激動の時代を生き、二十一世紀をその目で見た末に、多くの子や孫に囲まれて晩年を過ごし、大往生したのである。

# 第十三章　赤い鉢巻の「主《ぬし》」はどこに

## 忽然と消えた家族

私にはどうしても知りたかった家族がいた。

あの人は「その後、どうなったのだろうか」と、気になって仕方がなかった人、いや、その一族のことである。

私は、懸命にその一家の「足跡」を追った。

土壇場まで追いつめられた魚釣島で、決死隊が出発するとき、赤いカリーを引き裂き、鉢巻にして渡した花木芳とその家族である。

石垣島に帰還後、ひと月経つか経たない間に、尖閣での栄養失調から三人の子供を相次いで失った花木写真館の女主人だ。

夫を支え、写真館を切り盛りし、石垣の中心地で根を張っていた花木家は、その後、どうなったのだろうか。私は、芳の「その後の人生」、そして「花木家はどうなったのか」をどうしても知りたかった。

芳から決死隊に手渡された鉢巻、そしてサバニの旗印となった赤い襦袢――決死隊が最後まであきらめなかったのは、助けを待つ人々の思いと願いがこもったあの赤い鉢巻にあったと言われて誰が否定できようか。

「これを締めて、行ってください」

四十歳の芳が決死隊に言った言葉は、取材の間、私の頭を離れることがなかった。

しかし、花木家の行方は杳《よう》として知れなかった。

戦争に敗れ、記念写真を撮ってもらうこともできなくなった、貧乏のどん底の石垣島の人々。花木家は、慣れない農作業で糊口《ここう》を凌いだ末に、やがて沖縄本島へと出ていった。

それは昭和三十年代に入ってからのことで、その後の花木家がどうなったのか、誰にもわからなかったのである。

六十年以上の歳月は、花木写真館のあった現在の石垣市の大川西交差点の周辺の人々を、「二代目」、「三代目」「四代目」へと変えていた。

「ああ、先代が生きていたら、よく知っていたと思うんだけど……」

「おばあちゃんが昨年亡くなってから、昔のことが全然わからなくなったんですよ」

周囲を歩いても、「時間の壁」は大きかった。

断片的な情報はあった。

尖閣を生き抜いた当時九歳だった三男の章のことである。

「八重山高校の陸上部に入って、二百メートルの選手になっていた」

あるいは、その章が、

「父親のあとを継いで、那覇で写真館をやったがダメだった」

さらには、

「その章も、いまはもう亡くなっている」

……等々、不確かで断片的な情報があるだけだった。

取材は、暗礁に乗り上げた。

私は、さまざまな人に花木家の行方を探すための協力を求めた。多くの方が協力してくれたが、埒が明かなかった。

石垣の大川にあった店などの家作も処分した花木家は、那覇市に移り、ここで写真館をやり直したのは確かだった。

那覇市内で「花木写真館」があったとされたところに、やっと辿りついても、今は大きな建物が連なり、影もかたちもなくなっていた。

那覇のある新聞記者から「(花木家が)見つかりましたよ」との一報が入ったのは、令和五(二〇二三)年三月のことである。

「花木芳さんの息子さんのお嫁さんが見つかりました」

そんなありがたい話だった。

これをきっかけに、花木家の「その後」が次々、明らかになっていった。

「私もおばあちゃん（筆者注＝芳のこと）から、尖閣のときのことは聞いています。鉢巻にしただけではなくて、舟の旗印のようにしてもらったと言っていました。ただし、旗印のほうは、カリーの下に着る長襦袢だったそうです。赤くて派手ですからね。これを旗印にして向かってもらった、と言っていました」

そう語るのは、芳の次男・光俊の妻、八十七歳の米子《よねこ》である。

「おばあちゃんは、ずっとあの事件を引きずっていました。尖閣から帰った翌月の九月に子供を三人亡くしているもんですから、つらくてつらくて……。おばあちゃんから聞いたのは、哀しくて、よその小さい子供たちの姿を見たくなかったんですって。それで朝早くに畑に行って、日が暮れるまでずっと畑にいた、と。夜暗くなってから家に帰ってきたそうです。

石垣から沖縄本島に来たのは昭和三十年代ぐらいのことみたいです。私が光俊と結婚したのは昭和三十八年ですから、那覇に移ってきた頃のことを私は知らないんです。那覇の安里《あさと》で写真館を開いて、おじいちゃんが安里の立体交差のところでやっていたんですけど、ここが開発で立ち退きになったんです。その後、与儀《よぎ》という場所に移り、三男の章に店を譲りましたが、あまりうまくいきませんでした」

那覇市与儀に移っていた伝統ある石垣の「花木写真館」は、こうして終焉を迎えたのである。花木芳はどうしていたのか。

「夫の光俊は私と結婚する前は学校の先生とかもしていたんですが、その後は、貿易関係の仕事とか、いろいろやりました。私は美容師で、もう五、六十年の経験があります。子供が六人いましてね。子供の面倒をおばあちゃんが見てくれたんです。おばあちゃんはきちんとしていて、なんでもできる人でした。優しいですが、しつけもきちんとしてくれるんです。料理も上手でしたよ」

料理にしても、「なんでもつくれる人」で、味噌や醤油を麹《こうじ》からつくってしまうのが、芳だった。

「いま、私があるのは、おばあちゃんのお陰です。花木に嫁に来て、嫁の中でおばあちゃんの一番近くにいたのは私ですから、本当に得《とく》したな、と思います。おばあちゃんは、絶対にものを無駄にしないんですよ。本当にね、無駄にするものはないですね。

たとえばご飯粒が鍋にあったりすると、これをためておいて、洗濯糊《のり》の代わりに使ったりとか。洗濯しても上澄みを翌日使ってこぼすとかね。おばあちゃんを見ていて、私自身も身についてしまって、ものをポンポンとは捨てられないんです。

おばあちゃんは料理もうまかったです。家で麹を使って味噌から醤油まで作りましたよ。漬《つけ》物《もの》も上手でした。一番、すごかったのは、おばあちゃんのジーマーミ豆腐ですね。ピーナッツのジーマーミ豆腐。あれは本当におばあちゃんの一番の料理です。

お赤飯とかも、上手でした。私は何も知らなくて嫁に来たものですから、おばあちゃんが作るものを、私が嫁の中で一番、継いでいるんですよね」

米子の芳の話は尽きなかった。どれほどこの姑《しゅうとめ》を慕っていたか、話の端々から窺えた。

「おばあちゃんはいつも綺麗好きだし、思いやりもありましたし、本当にしっかりしていたんですよね。おばあちゃん自身の兄弟も、学校の先生だったり、中等学校に行ったりとかして、そういう中で育ったのがおばあちゃんなんです。

おばあちゃん自身が母親を早くに亡くしたもんですから、おばあちゃんには妹がいるんですが、〝この子たちは自分の子供のようにしたんだよ〟って、よく言っていました。その妹は、おばあちゃんを母親のように慕っていましたね。とっても、おばあちゃんを大事にしてくれました。みんな、おばあちゃんに面倒を見てもらったようなものなんです」

明治生まれの花木写真館の「女傑」は、最後まで〝すごかった〟のである。

## 孫が語った「凛《りん》とした祖母」

光俊と米子の次男で、東京で大手航空会社の技術系の仕事についている花木稔（五六）は、特に芳への思い出がある孫のひとりだ。

「祖父は僕が幼稚園のときに亡くなっているんですが、祖父がまだ生きていた頃に祖父母の家に、僕だけが毎晩、泊まりに行っていたらしいんですね。

祖父が亡くなったあと、おばあちゃんだけになったので、うちの近くに引っ越しをしたんです。そこにも、私と兄が夜だけ泊まりに行っていました。だから、六人兄弟の中では、僕が一番接触が多かったかもしれないです」

稔は、尖閣の話も微かに記憶している。

「(尖閣に)流されたという話は聞いていたんですが、僕からみると叔父、叔母は、そこで亡くなったのかと思っていました。でも、どうも帰ってきてから亡くなっていたんですね。おばあちゃんが毎朝、仏壇に向かっていたことを思い出します。荷物をたくさん持っていたけれど、(尖閣から)それを持って帰ることができなかった、ということも聞いています」

孫からみて、おばあちゃんの印象はどんなものだったのだろうか。

「おばあちゃんの印象は、凛としているというか、芯があるというか……。明治生まれの人はあんな感じなのかな、と思います。しつけとかは、厳しいところは厳しかったですね。たとえば、靴下を履《は》いたまま布団《ふとん》に上がってしまうと、怒られましたね。

それから、いろんな物を自分でつくっていました。味噌とかも自分でつくって、油味噌といって沖縄特有の味噌でおにぎりの具にもしたりしていました。お正月とか、お祝い事のときも、いろいろなものをつくっていて、そういうときは僕も手伝いましたよ。本当に料理が上手だなあと思っていました」

稔には、芳からもらった忘れられないものがあるという。

「僕は十九歳まで沖縄にいて、そのあと福岡の予備校に行って、それから大学に進んだので、その後、ずっと本土にいるんです。沖縄を出るときに、おばあちゃんからプレゼントされた石《せっ》鹸《けん》箱を思い出します。

それは今でも使っているんですよ。その当時は、おばあちゃんは年金暮らしでそんなにお金もなかったと思うんですけど、子どもの誕生日とかには、足も悪くてあんまり早く歩けないのに、栄町《さかえまち》の市場に行って自分で何かを買ってきてくれるんです。

その石鹸箱は、蓋のついた普通のもので、沖縄を出るときに〝これを持って行きなさい〟と、おばあちゃんがくれたんです。高価なものでも何でもないです。当時もそんな高いものではなかったと思うんです。でも、僕が初めて沖縄を出るときに祖母がくれたものなので、それは今でも使っているんですよ」

おばあちゃんがくれた石鹸箱――四十年近く経った今も、稔はその石鹸箱を使っているのである。

左肩に銃撃の破片を受け、重傷を負った敏子の「その後」はどうだったのだろうか。

敏子は結婚して一男一女に恵まれた。長女・村上小枝子《さえこ》（七二）がこう語る。

「母は、昨年（令和四年）二月十七日に九十二歳で亡くなりました。子どもが二人で孫が五人、ひ孫が全部で七人です。母は、尖閣のことは話さなかったですね。弟や妹が栄養失調で亡くなったことは聞いています。でも、母のケガのことは、聞いていないんですよ。本人が話さなかったですね」

左の鎖骨の外側に米軍機の銃撃によって重傷を負ったことを、子供たちは知らなかったのだろうか。

「まったく知りませんでした。いま初めて知りました。そういえば、母は左の手が真っすぐにならなかったです。上にあげても、横に伸ばしても、曲がっていて、どうしても真っすぐにならなかったですよ。

でも、尖閣で受けた傷のことは、まったく聞いていません。魚釣島でどんな目に遭ったのかという話はなかったです。きっと話したくなかったんですよね。だから、私にも言わなかったのだと思います……」

おばあちゃんも尖閣のことはあまり話してくれなかったと、と小枝子は言う。だが、

「おばあちゃんは亡くした子供たちへの思いはすごかったです。毎朝、子供一人一人の名前を言って話しかけてから、お線香をお仏壇にあげていました。

私も幼稚園の頃からおばあちゃんと一緒になってお線香を上げていたんですよ。土、日は幼稚園がないでしょ。それで毎週、泊まりにいってたんです。だから私も般若心経《はんにゃしんきょう》を覚えたんですよ。いつも、おばあちゃんとお仏壇で唱えて、拝んでいましたからね」

小枝子はその祖母の姿が忘れられない。

「はい、清。今日も元気に、お母さん、頑張るからね」

子供ひとりひとりの名前を呼んで、芳はまず語りかけ、それからお線香を一本ずつあげ、般若心経を唱えたという。

「お経の本がボロボロだったことを覚えています。中は紙ですけれども、外側は布でできていたんですよね。その外側の布もすれ切れてしまって、布の模様がわからなくなっていました。私がまだ小さいときなので、これは、まだ〝初代〟のお経の本だったと思います。

おばあちゃんは子供を亡くしたことを本当に悔やんでいました。おばあちゃんがいろいろと話しかけながらお線香を上げているのを聞いていると、そのことがわかりました。仏壇に向かって、今日もみんなをお守りくださいって感じでした」

芳は生涯、栄養失調で亡くした子供三人の供養を重ねた。それは、自身が亡くなるまで変わることはなかった。

芳が亡くなるのは、平成十五年のことである。満九十八歳だった。

光俊の妻・米子が述懐する。

「数え年で九十七歳になると、沖縄では〝カジマヤー〟というお祝いをするんです。佐敷町《さしき》（現在の南城市）の役場がやってくれました。そのとき、おばあちゃんはお気に入りの小谷園《おこくえん》という老人ホームに入っていました。

みんながお祝いをしてくれて、おばあちゃんも喜んでくれました。元気でしたよ。主人の光俊は咽頭《いんとう》がんになっていて声も出なくなっていましたが、母親のカジマヤーを無事、お祝いすることができたんです」

カジマヤーは、沖縄に伝わる長寿の祝いのことである。数え年の九十七歳で「子供に還る」との言い伝えが沖縄にはあり、「風車祭」とも呼ばれている。

赤いカリーを着た長寿の主は、飾り立てた車に乗って町をパレードするのである。人々はこれを辻々で熱狂をもって迎える。誰もがその長寿にあやかろうと手を振り、心から拍手を贈るのだ。

平成十二年、晴天の五月二十日、芳は自身のカジヤマーで満面の笑みを浮かべ、その祝福に応えた。

カジマヤーの際の芳の姿を見たいという私の要望に応えてくれたのは、芳の孫であり、敏子の長男で、村上小枝子の弟・石田一雄（六八）である。

「写真をお持ちしました。カジマヤーの際、カリーの着物を着て、私たち子や孫、曾孫《ひまご》に囲まれた花木芳です」

そこには、家族や親戚一同に囲まれ、ご馳走を前に記念写真に応じる花木芳の姿があった（口絵参照）。きりりと結んだ口に、意志の強さと、なにものにも負けないという〝明治の女〟の気概が見えた。

芳が世を去ったのは、その三年後、満で九十八歳を迎えてからのことである。

明治、大正、昭和、平成という激動の時代を生き抜き、毅然と生きた明治の女傑の大往生だった。

芳は、やっと和子、清、征洋というわが子のもとに「旅立った」のである。

あの尖閣列島・魚釣島で、「これを鉢巻に」とカリーの着物を引き裂いて渡したときから、実に五十八年の歳月が経っていた。

尖閣戦時遭難者の一人、花木芳氏。九十七歳の長寿を祝うカジマヤーで祝福に応える（石田一雄氏提供）

# エピローグ

令和五年八月十五日の終戦記念日——。
石垣島の地元紙・八重山日報と八重山毎日新聞の朝刊に、奇しくも同じ内容の記事が載った。
〈「決死隊」に忘れられた男性　尖閣遭難、直後に死去の見里さん〉（八重山日報）
〈忘れられた決死隊員　没後70年に再評価の声〉（八重山毎日）

あの決死隊で「忘れられた男性がいる」というニュースである。

尖閣戦時遭難事件自体が風化してしまっているのに、「決死隊」のこと、それにそのメンバーの一人が「忘れ去られている」という記事が、事件から七十八年が経った令和五年の終戦記念日に掲載されたことに私は驚いた。

石垣島から連絡を受けた私は、「一体、誰のことだろうか」と思った。記事を見て、私はその「男性」が見里清吉・雄吉兄弟の兄である「清吉」のことであることを知った。

本文にも登場するように見里兄弟は決死隊のメンバーであり、弟の見里雄吉は、陸軍二等兵として水軍隊に所属し、第五千早丸が沈没した際、金城珍吉と共に海に漂う人々を救っていった重要人物である。

平成十四年七月に東シナ海を見渡す石垣市新川に建立された「尖閣列島戦時遭難死没者慰霊之碑」には、慰霊碑の建立事業期成会が調べ上げた犠牲者「八十名」の名前が、ひとりひとり刻み込まれている。

犠牲者のことは、惜しんでも惜しみきれないが、この事件が、それでも多くの生存者を生んだのは、金城珍吉や見里兄弟ら決死隊と、サバニを造った岡本由雄らの力による。その功績を讃え、昭和四十四年、石垣市と「無人島生還者一同」は、彼らに感謝状を授与した。

理由は「生命を賭して多数の人命を救助したこと」である。ついに決死隊と、船大工・岡本由雄の功績に光が当てられ、表彰されたのである。

しかし、この表彰のメンバーから見里兄弟の兄・清吉が「欠落していた」というのだ。

前述のように事件自体が風化しているのに、なぜ、そんな細かなことが昭和四十四年の表彰から五十四年の歳月を経た令和五年の終戦記念日の地元紙に取り上げられたのか。

「なぜ今になって？」との疑問は、すぐに氷解した。それは、このことを調査し続けた一人の老人の献身的な努力があったことを知ったからである。

昭和七年七月生まれ、九十一歳の野原啓三である。

野原は竹富町役場を勤め上げた元公務員で、尖閣諸島の文献を収集・編纂する団体の要請を受け、この尖閣戦時遭難事件のことも長く調べていた。そこで浮かび上がったのが、「表彰から漏れた決死隊員」のことだったのである。

野原はこう語る。

「なぜ感謝状をもらえなかった人物がいるのか、最初はまったくわからなかったんです。しかし、調べていくうちに見里清吉・雄吉兄弟のお兄さんである見里清吉さんが確かに表彰を受けていないことがわかった。それで、ゆかりの人を探していったんです」

野原が辿りついたのは、石垣市に住む、弟・雄吉の妻、九十七歳の千代だった。令和四年のことである。

「実は、清吉さんも雄吉さんも、早くに亡くなっていたんです。千代さんは夫である雄吉さんが表彰されたときに感謝状を受けとっているのですが、そのときに二人ともすでに亡くなっていたので、決死隊の中に夫の兄である清吉さんがいたことなど、詳しいことは何も知らなかったんです。

私は千代さんにお願いして、仏壇の中にある厨子《ずし》を開けてもらい、白木のご位牌を見つけました。それが、清吉さんのご位牌だったのです。清吉さんは、昭和二十八年十一月に海難事故で亡くなっていたことを知りました。感謝状が出されたのは、昭和四十四年ですから、そのはるか前に亡くなっており、表彰されることがなかったのです」

献身的な野原の行動が、「忘れられた決死隊員」を発掘したのである。だが、一緒に決死隊として人々を救った弟・雄吉がいれば、兄のことも告げられたはずである。

しかし、その見里雄吉も、感謝状が授与される七年前、昭和三十七年に事故で亡くなっていた。そのため、兄・清吉のことを「語ることができなかった」のである。

「本当にびっくりしました。そんな史実があったことを、はっきりと、初めて、知ることができました」

そう語るのは、雄吉の長女・岸本淳子（六八）である。

「母の千代が父の代わりに感謝状を受けとったことは知っています。しかし、それが具体的にどんなことなのかは、私たち子供にはわかりませんでした。母も決死隊のことを父から詳しく聞いていたら、兄・清吉のことも話せたでしょうが、それを知らないので、〝夫の兄も決死隊です〟とは言えなかったのだと思います。

父の雄吉は私が小学校一年、六歳のときに亡くなりました。仕事は近海漁業ですが、荒れているときは海に出られないので、港湾で丸太を運ぶ仕事をしていました。船から大きな電柱を下ろす作業の際に、前後の呼吸が合わず、電柱が落ちてきて父は亡くなったんです」

それが、昭和三十七年五月二日のことだった。決死隊として多くの人命を救った見里兄弟は、こうして感謝状が授与される前に亡くなっていたのである。

兄の清吉は亡くなったとき二十九歳で、まだ結婚していなかったため、子供もいない。

淳子はこう語る。

「父は結婚して子供もいたのですが、伯父さんには家族がいなかったので決死隊のことは本当に知りませんでした。野原さんが一生懸命、調べてくれて、母に会いに来てくれたことでわかったのです。初めて伯父と父が、いかに人命を救ったのかを知ることができました」

淳子は八重山の地元紙が伯父と父、そして野原のことを終戦記念日の記事として取り上げてくれたことが嬉しくてならない。

「本当に嬉しかったんです。伯父と父がこういう風に、たくさんの人を一生懸命助けたこと……伯父が表彰されなかったということより、ああ、そういうことがあったんだ、と教えてもらえました。その事実を知ったことが嬉しいんです。これは、私たち家族の誇りです。

戦後、これほど時間が経ったのに、こういうことをやってくれる人がいるんだなあ、と本当に感謝しかありません。伯父は家族を持つ前に亡くなったので、本当にかわいそうに話題にも上りませんでした。でも、決死隊のことがわかって、伯父さんの話もするようになりました。だから嬉しいんです。

私があっちに行ったときに、伯父さんに〝こんなふうにできたんだよ〟って、話ができるようになりました。冥途《めいど》の土産ができた思いです。それまで存在感がほとんどなかった伯父さんが、皆さんのお力で〝生きた価値〟ということではないですけど、そういうものを見つけてもらった気がするんです。本当にありがとうございました……」

話を聴きながら、私は、自分自身がこの問題に取り組み始めた〝きっかけ〟を思い出していた。

それは、別の戦争ノンフィクションの史料を調査しているときに、偶然、昭和四十四年五月十日、当時の石垣市長と遺族代表らによって初めてこの遭難事件の慰霊祭が魚釣島でおこなわれ、小さな遭難者慰霊碑が建立されたことを知ったことだった。

そして、その同じ年に慰霊のセレモニーがあり、決死隊や船大工の岡本たちに感謝状が授与されたのである。

その記事を見たとき、この事件が「なぜ知られていないのだろう」という素朴な疑問を私は抱いた。その後、時間をかけて、この尖閣戦時遭難事件の史料を収集する過程で、「事件がなぜ知られていないのか」との問いは年々、大きくなっていった。

犠牲者の遺骨が仮埋葬のまま今もご遺族の訪問を待っているのに、なぜ日本は、自国の領土である尖閣への墓参を許可しないのか。長い間、私はその素朴な疑問を持ちつづけ、この事実を世に問いたいと思っていた。

尖閣戦時遭難事件は、それだけで尖閣列島が「日本である」ことを示すものである。

古賀辰四郎が「真水」を開拓してこれを確保し、人が住めるようにした「業績」は、時がどれほど経とうと、忘れられていいものではない。

本書で記したとおり、古賀辰四郎のその「真水」によって、多くの命が救われた。そのことを日本のジャーナリズムが描かなければ、尖閣に食指を動かす側の思いどおりにされてしまうことを私は思った。

本書でお届けしたのは、中国側がひと言も触れることができない、言いかえれば、絶対に触れてはならない決定的な「歴史の真実」にほかならない。

本書をもとに、尖閣の真の歴史を知って欲しいと切に願う。そこで頑張った先人たちの姿に、どうか思いを馳せていただければ、と思う。

# おわりに

尖閣戦時遭難事件をめぐる長い旅を私が終えたのは、令和五年夏のことである。

八重山日報や八重山毎日という地元紙が、エピローグで紹介した「忘れられた決死隊員」のことを取り上げてくれたことは、驚きとともに、大きな喜びともなった。

自分がやっていることが間違っていないとの励ましを与えてくれているように思えたからだ。

本作品は、戦争が年を追うごとに風化していることと、主な舞台が八重山諸島の石垣島であることから、なかなか思いどおり、取材先を見つけ出すことができなかった。

核になる人、つまり話を伺いたい人を探し出すのが、ノンフィクションにおいては、最も重要だ。だが、時間の障壁の前にこの作業が難航し、私はなかなか取材成果を挙げることができなかったのである。

見切り発車で現地に飛び、沖縄本島や八重山の取材をおこなっているうちに、徐々に成果が積み重なってきたのは、本文で書かせていただいたとおりである。

私は今も戦争ノンフィクションに挑戦しつづけているが、さすがに超えようのない「時間的限界」を感じている。

いうまでもなく、直接証言をしてくれる人がほとんどいなくなってきているからである。しかし、それで諦めるわけにはいかない。ささやかだが、私はこれからも抵抗をつづけていくつもりだ。

本稿執筆中の令和五年九月十九日、中国が尖閣の日本のＥＥＺ（排他的経済水域）内に新たに海上ブイを設置したことが明らかになった。

政府は中国側に抗議し、松野博一官房長官は「わが国の同意がないままＥＥＺで構築物を設置することは国連海洋法条約上の関連規定に反する」とブイの即時撤去を求めたが、九月末時点で中国側に撤去の動きはない。

海上保安庁によれば、ブイはすでに七月に確認されており、七月十五日には航行警報を出し、船舶に注意を呼びかけていた。つまり、政府は二か月間もこの事実を隠していたことになる。

中国は平成三十年にも、尖閣海域にブイを設置し、気象観測だけでなく軍事目的で海中のデータを収集している疑いが持たれている。

折しも九月二十五日、フィリピンは自国のＥＥＺ内にあるスカボロー礁の海域に中国がフィリピンの漁船を入りこませないために勝手に設置した〝浮遊障壁〟を撤去したと発表した。すかさず、イギリスのＢＢＣはフィリピンの公開映像を世界に向けて報道した。だが、日本のテレビ局は、これをほとんどが無視した。

ＢＢＣの映像には、白いブイについたロープを切断するフィリピン側のようすが映し出されており、「領土・領海を守る」フィリピンの気概が伝わってくる。それは、二か月間も尖閣海域に設置された巨大ブイの存在を隠した日本政府とは全く異なる毅然とした姿勢だった。

前年の令和四年八月四日、中国軍は台湾を取り囲んだ大規模軍事演習で弾道ミサイル九発を発射し、うち五発が日本のＥＥＺ内に着弾したが、岸田政権は国家安全保障会議（ＮＳＣ）を召集することもなく、ただ外務事務次官が電話で駐日中国大使に抗議するだけだった。

ＥＥＺ内にミサイルを着弾させたことを「容認」したかのような日本側の態度は、中国に対して誤った弱腰の〝メッセージ〟を与えることになったのである。

国際社会で相手に「毅然たる姿勢」を見せることが抑止力につながることは常識だ。著しい戦力差が生じたり、あるいは、弱腰の態度が相手に伝われば、「与《くみ》しやすし」として逆に「戦争を呼び込む」ことは古今の歴史が示すとおりである。

尖閣を「実効支配しているのは中国」、あるいは「尖閣は核心的利益」との中国の主張はあらゆる機会を捉えて主張され、インターネット上でも中国政府による『中国釣魚島博物館』が二〇二〇年十月に〝開館〟し、着実にアクセス数を積み重ねている現状をどう見るべきだろうか。

この福建師範大学の研究チームによって作られた『中国釣魚島博物館』では、日本は「盗人《ぬすっと》」と表現され、

「日本は陰謀を企て、釣魚島を侵略・占領し、1894年の日清戦争が終わってのちに秘密裏に、島を領土に編入したのである」

と主張している。だが、これが全くの虚偽であることは第六章で詳述したとおりだ。近づく台湾有事は沖縄有事でもある。もし、中国が台湾に対して、ロシアと同様、力による現状変更に踏み切るなら、尖閣を含む八重山諸島は「戦火」に見舞われる可能性がある。しかし、その日本側の対処については極めて心もとないのも事実である。どうか尖閣を、八重山全体を、日本国民が力を合わせて守り抜いて欲しいと心より願う。

原稿を書き終わり、あらためて「本書の主役は一体、誰なのか」と考えている。本書に登場するのは、いずれも市井の無名の人々である。普通の暮らしをし、そして去っていった日本人である。

私は、無名の人々の暮らしと生きざまに、いつも感動させられる。そして、その中からノンフィクションの題材を選び、取材をさせてもらうのである。

気の遠くなるようなその作業に、今回も多くの方々の協力を得ることができた。ここに一部ではあるが、そのお名前を記して感謝の言葉を捧げたいと思う。

新嵩喜八郎　石田一雄　伊良皆髙吉　鵜川優一郎　大浜和　川瀬弘至　金城珍章　金城悦
岸本淳子　具志堅君子　古賀照章　佐久本サエ　佐久本頼人　下條正男　仲新城誠

中山義隆　西村憲一　野原啓三　花木稔　花木米子　花田紀凱　平田直芳　淵辺美紀
見里修　宮良君子　村上小枝子　山田吉彦　山根頼子　山本皓一【五十音順】

出版に際して今回も産経新聞出版の瀬尾友子編集長に大変お世話になった。問題意識を共有できる編集者との共同作業は大変心強かった。この場を借りてお礼を申し上げる次第である。

戦争から時は流れ、令和の御代《みよ》となり、時代も、価値観も、すべてが変わりつつある。だが、先人の歩みや労苦、そして真実を忘却することは後世の人間には許されない。

本書が、そのことを日頃、感じておられる皆さまの共感を得て、その考え方や行動に少しでもお役に立てるなら、筆者としてこれに過ぐる喜びはない。

日本の苦難と共に歩んできた尖閣の歴史を私たちが改めて胸に刻み、日本人の誇りと毅然とした先人の姿勢が、後世の日本人に受け継がれることを願ってやまない。

なお、本文では敬称を略させていただき、史料説明では、できるだけ現代表記に則っておこなったことを付記する。

門田隆将

令和五年　戦後七十八年の夏

## 【参考文献】

『市民の戦時・戦後体験記録　第一集』（石垣市市史編集室　石垣市役所）
『市民の戦時・戦後体験記録　第二集』（石垣市市史編集室　石垣市役所）
『市民の戦時・戦後体験記録　第三集』（石垣市市史編集室　石垣市役所）
『市民の戦時・戦後体験記録　第四集』（石垣市市史編集室　石垣市役所）
『沖縄県史第10巻　各論編9　沖縄戦記録2』（沖縄県教育委員会）
『沖縄県人事録』（沖縄朝日新聞社編・沖縄朝日新聞社）
『沖縄の百年　第一巻　人物編　近代沖縄の人々』（新里金福・大城立裕　琉球新報社編　太平出版社）
『沈黙の叫び 尖閣列島戦時遭難事件』（尖閣列島戦時遭難死没者慰霊之碑建立事業期成会編　南山舎）
『尖閣研究　高良学術調査団資料集（上・下）』（尖閣諸島文献資料編纂会編・國吉真古発行　データム・レキオス）
『尖閣研究叢書 尖閣諸島盛衰記 なぜ突如、古賀村は消え失せた?』（尖閣諸島文献資料編纂会）
『尖閣列島遭難記　昭和三〇年二月二日詳記』（金城珍吉）
『与那国沖　死の漂流　わが青春の闘い』（伊良皆髙吉　ボーダーインク）
『日本がもっと好きになる尖閣諸島10の物語』（山本皓一　宝島社）
『八重山の戦争』（大田静男　南山舎）
『死のエメラルドの海　八重山群島守備隊始末記』（浦崎純　月刊沖縄社）
『証言で学ぶ「沖縄問題」観光しか知らない学生のために』（松野良一・中央大学FLPジャーナリズムプログラム編
中央大学出版部）
『沖縄現代史への証言　上・下』（新崎盛暉編　沖縄タイムス社）

『南ぬ島旅情』（新城俊昭　那覇出版社）
『新八重山歴史』（牧野清）
『波よ鎮まれ　尖閣への視座』（沖縄タイムス「尖閣」取材班編　旬報社）
『「尖閣」列島――釣魚諸島の史的解明』（井上清　現代評論社）
『小さな闘いの日々――沖縄復帰のうらばなし』（吉田嗣延　文教商事）
『八重山土木事務所あゆみ』（沖縄県土木建築部八重山土木事務所編　沖縄県土木建築部八重山土木事務所）
『望郷沖縄　写真集 第二巻』（本邦書籍）
『日本外交ハンドブック』（永野信利　サイマル出版会）
『八重山・島社会の風景（おきなわ文庫2）』（真栄城守定　ひるぎ社）
『沖縄　失なわれた文化財と風俗　写真集』（那覇出版社編集部編　那覇出版社）
『沖縄アイデンティティー　日本に取り込まれながら日本を相対視する思想』（伊高浩昭　マルジュ社）
『尖閣諸島尖閣上陸　日本領有の正当性』（牧野清・仲間均共著　尖閣諸島を衛る会）
『戦禍を掘る　出会いの十字路』（琉球新報連載　一九八三年十二月十四日～二十二日）
『戦を刻む　尖閣・戦時遭難』（琉球新報　二〇〇五年六月二十三日～七月二日）
『採集と飼育』（春季特大號　一九四一年四月）
『日本及日本人』（一九七〇年一・二月合併号）
『実業の日本』（一九七〇年十一月一日号）
『現代』（一九七二年六月号）
『中央公論』（一九七八年七月号）

『じゅん刊　世界と日本』（一九七九年四月十五日号）
『祖国と青年』（二〇一一年六月号）
『正論』（二〇一二年五月号）
『正論』（二〇一五年五月号）
『島嶼研究ジャーナル　第2巻2号』（二〇一三年四月号）
『純心人文研究　第25号』（二〇一九年）
『月刊Ｈａｎａｄａ』（二〇一九年七月号）
『地学雑誌』（一九〇〇年十二巻九号・十二巻）
『日本の息吹』（二〇一三年七月号）
『中国姓氏系統国』（私家版）
『台湾省通志稿』（台湾省文献委員会）
『台湾地理』（一九五八年）
『琉球新報』（一九〇九年六月十五日〜二十七日）
『人民日報』（一九五三年一月八日）
『沖縄タイムス』（一九五七年一月二十三日）
『読売新聞』（一九七一年五月十三日・二〇二三年九月十日・九月十八日）
『産経新聞』（二〇一二年四月十八日・二〇一五年九月二十八日・二〇二三年九月二十日）
『八重山日報』（二〇二三年八月十五日）
『八重山毎日新聞』（一九五三年十一月二十一日・一九五三年十一月二十二日・一九五三年十二月二日・二〇二三年八月十五日・二〇二三年八月十九日）

外務省ＨＰ　日本の領土をめぐる情勢　尖閣諸島
https://www.mofa.go.jp/mofaj/area/senkaku/index.html
内閣官房　領土・主権対策企画調整室ＨＰ　尖閣諸島
https://www.cas.go.jp/jp/ryodo/senkaku/senkaku.html
総務省ＨＰ　石垣市における戦災の状況（沖縄県）
https://www.soumu.go.jp/main_sosiki/daijinkanbou/sensai/situation/state/okinawa_13.html
尖閣ポータルサイトＨＰ
https://www.cas.go.jp/jp/ryodo/shiryo/senkaku/index.html
海洋政策研究所島嶼資料センターＨＰ
https://www.spf.org/islandstudies/jp/
東邦大学メディアネットセンターＨＰ
https://www.mnc.toho-u.ac.jp/v-lab/ahoudori/information/history.html
やいまぬむじかＨＰ「八重山民謡・解説」
https://note.com/yaimanumusica/n/ne4f4debfed4f
るんたるんた　民族楽器専門店「八重山古典民謡『嘉利吉（かりゆし）』節」
https://plaza.rakuten.co.jp/runtarunta/diary/200501010000/
東京都総務局「尖閣諸島ホームページ」
https://www.soumu.metro.tokyo.lg.jp/senkaku/upload/item/nihonngobann_1.pdf
公益財団「日本殉職船員顕彰会」ＨＰ
http://www.kenshoukai.jp/taiheiyo/taiheiyou01.htm
中国釣魚島博物館ＨＰ
https://www.diaoyudao.org.cn/jp/dydbwg.htm

中国国家海洋情報センターＨＰ
https://www.diaoyudao.org.cn/jp/
『島根県ＨＰ』尖閣諸島に関する歴史戦の論じ方（上）下條正男
https://www.pref.shimane.lg.jp/admin/pref/takeshima/web-takeshima/takeshima04/takeshima04-2/jitsuji-63.html
『島根県ＨＰ』尖閣諸島に関する歴史戦の論じ方（中）下條正男
https://www.pref.shimane.lg.jp/admin/pref/takeshima/web-takeshima/takeshima04/takeshima04-2/jitsuji-64.html
『島根県ＨＰ』尖閣諸島に関する歴史戦の論じ方（下）下條正男
https://www.pref.shimane.lg.jp/admin/pref/takeshima/web-takeshima/takeshima04/takeshima04-2/jitsuji-65.html

装幀　神長文夫＋松岡昌代
ＤＴＰ製作　荒川典久
カバー写真　鈴木健児撮影、産経新聞社
口絵尖閣諸島写真　共同通信社

**門田隆将**（かどた・りゅうしょう）

作家、ジャーナリスト。1958（昭和33）年高知県安芸市生まれ。中央大学法学部卒業後、新潮社に入社。『週刊新潮』編集部に配属、記者、デスク、次長、副部長を経て、2008年4月に独立。『この命、義に捧ぐ―台湾を救った陸軍中将根本博の奇跡』（集英社、後に角川文庫）で第19回山本七平賞受賞。主な著書に『死の淵を見た男―吉田昌郎と福島第一原発』『日本、遥かなり―エルトゥールルの「奇跡」と邦人救出の「迷走」』『太平洋戦争 最後の証言（第一部～第三部）』『汝、ふたつの故国に殉ず』（角川文庫）、『なぜ君は絶望と闘えたのか―本村洋の3300日』（新潮文庫）、『甲子園への遺言』（講談社文庫）、『疫病２０２０』『日中友好侵略史』『新聞という病』（産経新聞出版）など多数。

---

## 尖閣1945

令和５年11月20日　第１刷発行
令和６年１月16日　第４刷発行

---

著　　者　門田隆将
発 行 者　赤堀正卓
発 行 所　株式会社産経新聞出版
〒100-8077 東京都千代田区大手町 1-7-2
産経新聞社８階
電話　03-3242-9930　FAX　03-3243-0573
発　　売　日本工業新聞社　電話　03-3243-0571（書籍営業）
印刷・製本　株式会社シナノ

---


ISBN 978-4-8191-1429-5
C0095

---